# 머문 자리

# 머문 자리

김산아 소설집

차례

# 바람 예보

초속 십이 미터의 강한 바람이 불고 있습니다. 강풍 특보가 내려진 가운데 밤사이 바람이 더욱 거세질 것으로 예상됩니다. 일기예보를 보던 남편이 한숨을 쉬었다. 목을 한껏 젖히고 엉덩이는 소파 끝에 걸친 채였다. 살짝 건드리기만 해도 미끄러져 떨어질 듯 위태로워 보였다. 그는 늘 그렇게 앉았다. 누웠다고도 앉았다고도 할 수 없는 불편한 자세. 나는 물 묻은 손을 앞치마에 문지르고 그의 옆에 앉았다.

화면 안 간판이 흔들리고 천막이 펄럭였다. 사람들은 벌어지는 옷자락을 움켜쥐고 걸었다. 풍선 간판이 도로 위로 넘어지고, 달려오던 차가 스치듯 간신히 피했다. 뿌연 거리에 정체 모를 물건들이 구르고 날았다. 몸을 웅크리고 바람에 맞서 걷던 행인의 목에서 스카프가 휘날렸다. 행인은 놓치지 않으려 손을 뻗었지만 그것은 순식간에 풀어져 하늘로 치솟았다.

북서풍이 강하게 불겠습니다. 내일은, 하는 기상캐스터의

멘트가 이어졌다. 그가 채널을 돌렸다. 코스피 지수가 하락세라는 제목과 숫자들이 빼곡한 패널이 보였다. 숫자 옆에는 뒤집어진 파란 삼각형들이 붙어 있었다. 그가 내 앞치마 위로 리모컨을 던지고 몸을 일으켰다. 나는 다시 채널을 되돌렸다. 일기예보는 이미 끝나고 광고가 나오고 있었다. 다른 보험이 있어도 중복해서 주고 또 입원해도……. 또 입원해도 어쩐다는 거지, 생각하며 텔레비전을 껐다. 검은 화면에 그림자 같은 집 안 풍경이 비쳤다. 그 속에 흔들리는 커튼이, 벽을 향한 선풍기가, 키 큰 해바라기 조화가 어렸다. 컴퓨터 앞에 앉은 그는 실제보다 작아 보였다. 이름을 불러 돌려세우기에 그의 등은 어둡고 조용했다. 그리고 멀리 있었다.

나는 눈을 감고 손으로 얼굴을 쓸었다. 며칠째 야간 근무로 밤잠을 자지 못했다. 푸석해진 피부가 거친 손바닥에 맞닿아 서걱거렸다. 미세한 바람이 손등을 스치고 지나갔다. 젖은 바람이었다. 창문을 보니 커튼이 불규칙하게 들어 올려졌다 가라앉기를 반복하고 있었다. 나는 창으로 다가가 문을 활짝 열었다. 바람에 물비린내가 섞였다. 창문을 닫고 마당으로 나갔다. 줄에 널린 빨래가 나부꼈다. 빨랫줄을 묶어놓은 대추나무 가지가 휘청거렸고 바닥에는 양말 몇 개가 떨어져 있었다. 빨래를 걷어 바구니에 담았다. 화분에 물을 주고 있던 그녀가 허리를 펴며 말했다. 안 말랐다, 뭘 그렇게 급하게 걷니. 나는 손을 멈추지 않고 대답했다. 어머니도 이제 들어가세요. 곧 비가 올 거예요. 그녀가 다시 물뿌리개를 집으며 혼잣말을 했다. 비가 오면 걷어도 될 것을, 쉬쉬. 그녀의 혀 차는 소리는 특이했다. 이 사이가 유난히 벌어진 탓이었다. 그의 집에 처음 인사를 갔던 날, 나는 그녀의 이가 몇 개쯤 빠진 거라고 생각했었다. 그녀는 나를 대하는 내내 쉬쉬거렸다. 나는 이 사이로 끈적이는 액체가 밀려 나오는 상상을 했다.

혀 차는 소리를 들으며 계속 빨래를 걷었다. 곧이어 텅, 텅, 텅. 갑작스러운 큰 소리에 고개를 돌렸다. 멀리 허옇게 속살을 드러낸 산이 보였다. 굴을 뚫는 공사 현장이었다. 또다시 텅, 텅, 텅. 돌을 부수는 소리가 컸다. 평소에 들리지 않던 포클레인 소리까지 또렷한 것을 보아 금방 비가 쏟아질 거였다. 나는 급하게 손을 놀렸다. 바닥에 떨어진 양말까지 탁탁 털어서 바구니에 담았다. 그녀는 내 행동을 쏘아보며 연신 쉬쉬 혀를 찼다. 나는 바구니를 들고 거실로 들어가 구석에 접어두었던 건조대를 꺼냈다. 옷과 양말을 너는 것만으로도 자리가 부족했다. 축축한 이불을 들고 망설이다 다른 빨래 위로 겹쳐 올렸다. 주름진 자락을 펴고 있을 때 현관문이 열렸다. 그녀가 손으로 머리를 가리고 뛰어 들어왔다. 열린 문 사이로 비가 세차게 쏟아졌다.

벽시계가 삐비삐비 소리를 내며 정각을 알렸다. 음향 스위치를 껐는데도 시계는 정각마다 울렸다. 날카로운 전자음에 신경이 곤두섰다. 붉고 각진 여러 개의 막대기가 만들어내는 PM 5:00. 절대 고장일 리 없다는 듯 붉은 점 두 개가 일 초마다 깜박였다. 마치 서두르라고 재촉하는 것 같았다. 출근 시간까지는 여유가 있었지만 괜히 마음이 분주해졌다. 시금치를 다듬어 무치고, 쌀을 씻어 솥에 안쳤다. 비가 바람에 실려 부엌 창문 틈으로 들이쳤다. 가스레인지의 파란 불꽃이 바람을 따라 일렁였다. 빗소리가 압력밥솥 추 돌아가는 소리와 어울려 비트박스 같은 리듬을 만들어냈다. 창문을 좀 더 열었다. 싱크대에 떨어진 빗방울이 물줄기를 이루며 배수구로 흘러들었다. 손을 창문 밖으로 내밀었다. 손등을 두들기는 빗방울이 제법 굵지만, 성글었다. 잠깐 내리고 지나갈 비였다. 나는 창문을 닫고 하얀 증기를 빠르게 뿜어내는 압력밥솥의 불을 껐다.

거울에 비친 눈가에 서너 개의 잔주름이 보였다. 나는 꼼꼼히 화장을 했다. 선크림을 두껍게 발랐고 주름이 가려질 만큼 파운데이션을 칠했다. 어두운 갈색으로 짙게 눈썹도 그렸다. 입술에는 요즘 유행이라며 화장품 판매 담당이 권한 와인색 립스틱을 발랐다. 마트 팀장은 나이를 가늠할 수 없을 정도의 진한 화장을 요구했다. 손님에 대한 예의라고 했다. 표정 없는 얼굴에 짙은 화장이 가부키 배우 같아 낯설었다.

그는 여전히 컴퓨터 앞에 앉아 있었다. 현관문을 여는 소리가 나도 모니터에서 눈을 떼지 않았다. 그의 뒤통수가 가린 모니터 한쪽으로 자잘한 숫자들과 그래프가 보였다. 날카로운 궤적을 남기며 오르내리는 그래프에 가슴이 찔린 듯 아릿했다. 다녀오겠다는 말을 하려다 그만두고 문을 닫았다. 젖은 흙내를 담은 바람이 불어왔다. 비는 그쳤고 바람은 세졌다.

길을 따라 걸었다. 마트 교대 시간까지는 여유가 있었지만 막차가 일찍 끊기는 탓에 서두를 수밖에 없었다. 방금 내린 비로 공기가 습했다. 그나마 바람이 서늘해 눅눅하지 않았다. 바람이 지나는 길을 따라 나무들이 파도타기를 하듯 차례로 흔들리자 나뭇잎이 사락거렸다. 가을이 시작되고 있었다. 나는 바람에 흐트러진 머리카락을 손으로 빗어 내렸다. 길옆 옥수숫대가 바짝 말라 있었다. 수확의 손길을 받지 못해 누렇게 변한 옥수수수염이 힘없이 바람에 떨렸다. 잎에 고였던 빗물이 바닥으로 떨어졌다. 이런 곳에서 누구 하나쯤 사라진다 해도 아무도 모를 것 같았다. 전봇대에 달린 노란 가로등이 유일하게 사람이 다니는 길임을 알려주었다.

생활정보지에 실린 광고를 보고 이곳에 처음 왔을 때도 그랬다. 버스에서 내려 꽤 걸었지만 마주치는 사람도, 보이는 집도 없었다. 가끔 비닐하우스가 눈에 띌 뿐 온통 산과 밭이었다. 사람이 살 것 같지 않았다. 집을 보러 오겠다고 했을 때 집주인이 해준 말은 버스에서 내려 포장된 길을 따라오라는 게 전부였다. 이 길이 맞느냐고, 바르게 가고 있는 거냐고 묻고 싶었지만 대답해줄 사람이 없었다. 뜨거운 여름 햇볕에 남편과 나는 땀에 젖었다. 십오 분가량을 걸어 굽이진 길을 돌았을 때 서양식으로 지어진 목조주택이 나타났다. 집은 이국의 별장 같았다. 짙다 못해 검어 보이는 진초록 나뭇잎에 둘러싸인 하얀 집. 하지만 가까이 다가가 본 집은 달랐다. 패널로 지어진 조립식 주택이었고, 흰색 벽은 얼룩이 심했다.

집주인은 늙은 농사꾼이었다. 노인은 헐값에라도 세를 놓을 수밖에 없다고 했다. 평생 농사만 짓다 정부 보조금을 받아 펜션을 지었는데 관광지나 구경거리가 없어 손님이 들지 않았고, 이제 대출 이자라도 충당해야 한다고 했다. 세상이 어찌 변하는지 하고 한탄 섞인 소리도 했다. 다시 농사를 지을 거라며 노인은 굽은 등만큼 고개를 숙였다. 우리는 그 자리에서 계약했다. 집을 알아보며 수차례 발품을 판 뒤였고,

무엇보다 우리가 가진 돈으로 이보다 못한 집도 어림없다는 걸 알고 있었다. 이사하는 날, 짐을 실은 트럭은 좁은 콘크리트 길을 들어오느라 애를 먹었다. 우리는 분주히 짐을 옮길 뿐 누구도 서로에게 말을 하지 않았다.

버스 정류장에는 아무도 없었다. 나는 BUS라고 쓰인 표지판 밑에 섰다. 십여 분을 기다리자 자동차 헤드라이트가 어둠 속을 달려왔다. 불빛과 눈을 맞추고 도로 가까이 다가갔다. 불빛은 바람을 일으키며 빠르게 내 앞을 지나쳤다. 트럭이었다. 나는 그대로 멍하니 서 있었다. 강한 헤드라이트에 마비된 눈이 어둠에 적응하지 못해 모든 것이 흐릿하게 보였다. 지나간 차의 붉은 미등을 잠시 바라보다 두어 걸음 물러나 다시 버스 표지판 아래에 섰다. 그때 길 건너편에서 누군가 움직였다. 이 시간 이곳에서 사람을 보는 일은 드물었다. 근처 가구 공장에서 일하는 동남아시아 청년들이 가끔 지나가는 게 다였다. 나는 경계를 하며 건너편 사람에게 시선을 고정하고 유심히 살폈다.

건너편 여자도 나를 줄곧 보더니 도로를 가로질러 건너오는 것이었다. 가로등이 여자를 비췄다. 여자는 계절에 맞지 않은 두꺼운 파카를 입었고, 치마 아래에도 누비바지를 입고 있었다. 그리고 맨발이었다. 나는 여자의 모습에 다시 긴장했다. 여자와의 거리가 가까워져 눈을 마주칠 정도가 되었을 때, 관심 없는 척 몸을 돌렸다. 여자의 집요한 시선이 느껴졌다. 그 시선을 견디지 못하고 여자를 보았다. 여자가 살짝 웃었다. 그러면서 신이 난 듯 몸을 양쪽으로 흔들기 시작했다. 여자의 몸짓을 따라 머리에 꽂은 진분홍 꽃술이 너울거렸다. 여자는 몇 번인가 몸을 흔들고 나와 눈을 맞추고 시선을 흩트리더니 지나쳐 걸어갔다. 나는 여자의 뒷모습을 지켜보았다. 갑자기 어디서 나타났지?

저만치 걸어가던 여자가 돌연 몸을 돌렸다. 그러곤 춤을 추듯 다리를 번갈아 들어 올리며 내게로 다가왔다. 여자는 음악 한가운데 있는 것 같았다. 가로등 조명이 여자의 리듬을 따라 흔들리다 어깨 무릎 손끝에 닿아 흩어졌다. 내 앞에 멈춰 선 여자가 불쑥, 주먹 쥔 손을 내밀었다. 나는 놀라 뒤로 물러섰다. 여자가 내 앞으로 더욱 바짝 다가서며 주먹 쥔 손을 흔들었다. 받으라는 시늉 같았다. 나는 엉겁결에 손을 내밀었다. 여자는 내 손바닥 위에 뭔가를 내려놓고, 뒤돌아 가던 길을 갔다.

손바닥에는 작고 까맣고 둥근 돌멩이 두 개가 놓여 있었다. 돌멩이는 매끄러워 구슬이라고 해도 믿을 정도였다. 고개를 들어 여자를 보았다. 바람에 치마가 펄럭 솟구쳤지만 여자는 아랑곳하지 않고 걸었다. 손바닥에서 돌멩이를 굴려

보다 재킷 주머니에 넣었다. 순간 도로 건너편에서 돌풍이 불어왔다. 흙바람이 얼굴을 때렸고 눈을 뜰 수 없었다. 눈을 비비고 여자 쪽을 보았는데 여자가 없었다. 눈을 찌푸리고 여자가 가던 길을 자세히 살폈지만 보이지 않았다. 가릴 것 하나 없는 벌판인데 어디로 갔지? 의아해하고 있는 사이, 시내로 가는 마지막 버스가 도착했다.

승객은 먼저 타고 있던 외국인 둘과 내가 전부였다. 사내들은 뒷자리에 앉아 알아들을 수 없는 말을 주고받았다. 정류장 몇 곳을 지나는 동안 버스에는 아무도 타지 않았다. 버스는 정류장마다 잠시 속력을 줄이다 그냥 지나갔다. 이십 분을 넘게 달린 뒤에야 차창 밖으로 식당 간판이 하나둘 보이기 시작했다. 술기운으로 얼굴이 벌겋게 된 무리가 타고 내렸다. 이어 버스는 공구 상가가 밀집한 동네에 들어섰다. 앳된 얼굴의 청년들과 이제 막 흰머리가 생기기 시작한 중년들이 버스에 올랐다. 그들은 하나같이 의자에 앉자마자 창밖으로 눈길을 돌렸다. 창문에 비친 그들의 눈동자가 아무것도 보지 않는 것처럼 허공에서 흔들렸다. 어둑한 공구 상가를 지나자, 시공간의 경계를 넘어온 듯 갑자기 층층이 불을 밝힌 고층 아파트와 현란한 네온사인이 나타났다. 빛나는 도시. 얼마 전까지 내가 살았던 곳이라고 믿기지 않았다. 뜬금없이 퍼붓다 멈추는 폭우처럼, 돌풍이 지나간 뒤 찾아오는 고요처럼 낯설었다.

버스는 마트 정문 앞에 섰다. 마트는 어둠 속에서 홀로 환한 빛을 품고 있었다. 숨죽여 거리를 지켜보며 곧 몰려올 무언가를 예견하고 있는 것 같았다. 뒤에서 불어오는 선선한 바람에 머리칼이 얼굴을 스쳤다. 끝이 갈색빛으로 변하기 시작한 플라타너스 잎이 바람에 쓸려 뒤집혔다. 올려다본 나무 꼭대기는 가지가 꺾이도록 출렁거렸다. 땅에서 멀어질수록 바람이 세지는 건 더 강한 바람이 몰려올 징조였다. 나는 불빛 속으로 걸어 들어갔다.

직원 대기실로 가 옷을 갈아입었다. 푸른 반팔 셔츠를 입고 깊은 바다색 앞치마를 둘렀다. 머리를 묶어 머리망을 씌웠다. 야간조인 사람 몇이 더 직원 대기실로 들어왔다. 뒤따라 팀장이 왔고 우리는 옆으로 나란히 섰다. 팀장은 고객 감동이, 하고 시작하는 교육을 했다. 매일 들어 저절로 외워진 말들. 나는 팀장의 말이 몸에 박혀 새겨진다는 생각을 했다. 눈이 두 개고 발가락이 열 개이듯 조금도 의심 없이 당연해질 때까지.

남편과 나는 생활용품 소매점을 했었다. 작은 가게였지만, 차분한 성격인 그는 손님에게 신뢰감을 주었다. 우리는 부지런히 일했고, 그곳에서 희망을 키웠다. 천 원어치를 사면 스티커를 주는 쿠폰제를 했고, 곧 과일도 팔아볼 계획이었다. 변화가 시작된 것은 근처에 큰 마트가 들어온다는 소문이 돌면서였다. 마트는 반경 일 킬로미터의 모든 상가를 고사시킬 거라고 했다. 외국계라 더 심할 거라고도 했다. 상인 여럿과 함께 마트가 들어서는 것을 막기 위해 뛰어다녔다. 관공서에 찾아가고, 마트 사무실에 찾아갔다. 하지만 결국 뜻을 이루지 못했다. 정말 마트 개장과 함께 가게 손님은 줄어만 갔다. 얼마 뒤 우리는 가게를 넘겼다. 세가 밀려 보증금도 없어진 뒤였다.

우리가 가게 문을 닫은 것은 고객을 감동시키지 못해서일까. 그래서 내가 우리 가게를 문 닫게 한 마트에서 일을 하고 있을까. 팀장 교육이 끝났다. 나는 사 번 계산대로 가라는 지시와 함께 돈 통을 건네받았다.

남편도 묵직한 돈다발을 내 앞에 펼쳐놓은 적이 있었다. 일부러 만 원짜리 묶음으로 만든 돈다발들. 주식으로 번 돈이었다. 가게 문을 닫은 뒤, 그는 주식을 시작했다. 집을 담보로 대출까지 받아 투자했다. 그리고 얼마 뒤 나의 반대에 대한 답이라는 듯 투자수익금을 돈으로 찾아왔다. 나는 그의 눈에서 열기를 보았다. 그의 충혈된 눈이, 그가 내어놓은 돈이 두려웠다. 자신의 아들을 믿지 못하는 나를 못마땅해하던 그녀가 나를 나무랐다. 쉬쉬, 거봐라, 걱정하지 말라고 했지. 아범은 금복을 타고났어. 그녀는 돈을 들어 가슴에 안는 것으로 아들에 대한 신뢰를 표현했다. 돈다발 사건은 그것으로 끝이었다. 두 번 다시 행운은 오지 않았다. 집은 은행에 넘어갔고, 우리에겐 집값과 빚의 차액만이 남았다. 하지만 그는 주식 투자를 멈추지 않았고, 하루 대부분을 주식 정보를 찾으며 보냈다.

마트 안은 한밤중이라는 걸 짐작할 수 없을 정도로 환했다. 벽에 걸린 시계도 창문도 없었다. 이곳에 들어온 사람들은 시간을 잊고 쇼핑을 했다. 핸드폰으로 시간을 확인하고 깜짝 놀라 서두르는 사람들이 적지 않았다. 나는 계산대에 섰다. 내가 맡은 사 번 계산대는 즉석식품 진열대 앞이었다. 삼 분 데워 먹는 카레, 이 분 덥혀 먹는 밥, 뜨거운 물에 일 분 끓이는 북엇국. 물건들이 행과 열을 맞춰 진열대에 놓여 있었다. 누군가 재료를 손질하고, 배합하고 조리하여 포장하고, 이곳으로 날랐을 테지만 지금은 말 그대로 상품이었다. 누가 만들었는지는 중요하지 않았고 알 필요도 없었다.

새벽 두 시. 잠이 몰려왔다. 손님은 드물었다. 가물거리는 눈을 비비며 하품을 했다. 이 번 계산대 파마머리 여자가 나를 돌아보며 말했다. 일 시작한 지 보름 됐나. 아직 적응이 안 돼서 그래. 네 시까지만 버티라고, 그러면 저절로 정신이 번

찍 들 테니. 네 시 증후군 들어봤지? 나는 여자 말에 어설픈 웃음을 지어 보였다. 온몸이 뻐근했다. 발바닥이 쑤셨다. 걷는 것보다 한자리에 서 있는 게 훨씬 힘들었다. 주먹으로 무릎을 두드리고 목덜미를 주물렀다. 허리에 손을 짚고 몸을 뒤로 젖혔다. 콘크리트가 날로 드러난 천장이 보였다. 군데군데 은색 방수포가 덮여 있었다. 굵기가 각각인 관들이 바둑판처럼 가로세로로 갈라지고 모아졌다. 그 관들 아래로 많은 형광등이 매달려 있었다. 마트의 천장을 올려다본 사람이 얼마나 있을까. 환한 불빛을 받으며 가지각색의 상품 사이를 걷다 보면 천장이 있다는 사실조차도 잊을 거였다. 거칠고 울퉁불퉁한 콘크리트가 오히려 위안처럼 다가왔다.

이곳에 처음 들어섰을 때도 그랬다. 머리 위로 쏟아지는 하얀 불빛, 유리를 덧바른 듯 반질거리는 바닥, 길게 이어진 온갖 색깔의 물건들, 그리고 역하게 코를 자극하는 냄새. 현기증이 일 정도로 몸은 거부감을 일으켰지만 이상하게 마음은 차분했다. 친구는 취직이 어려운 곳에 특별히 소개하는 거라며 우두커니 서 있는 나를 잡아당겼다. 팀장은 두 가지를 강조했다. 일 년 계약 아르바이트라는 것과 일은 여기에서 해도 용역 업체 소속이라는 것. 나는 친구의 당부대로 무조건 잘할 수 있다고 대답했다.

서류 접수와 면접이 끝나고 밖으로 나갔다. 친구가 말했다. 속상해하지 마. 나는 대답 대신 하늘을 보았다. 날씨 좋다. 친구도 나를 따라 하늘을 올려다보았다. 맑은 하늘에 흰 구름. 구름이 사람 모양으로, 집 모양으로, 돈 모양으로 보였다. 구름은 모양을 바꾸며 북서쪽으로 빠르게 흘러갔다. 자세히 보니 구름 가장자리가 춤을 추듯 너울거리고 있었다. 친구에게 곧 폭풍우가 올 테니 얼른 집에 들어가라고 말했다. 그리고 나도 서둘러 걸었다. 목에 뭔가가 걸린 듯 꽉 막힌 느낌이었다. 버스에서 내릴 즈음 비가 내리기 시작했다. 강한 바람을 타고 얼굴을 두들기는 굵은 빗방울이 아팠다. 나는 비를 맞으며 걸었다. 빗줄기가 얼굴을 따라 흘렀다. 비가 시원한지 뜨거운지 알 수 없었다.

일자리를 구했다는 말에 그녀가 반색했다. 잘 풀릴 줄 알았다. 잘될 거야. 그녀는 언제나 확신에 가까운 희망을 지니고 있었다. 마트가 개장하고 우리 가게 손님이 줄어가던 즈음에도 그랬다. 마트를 들락거리며 상황을 생중계했다. 배추를 싸게 팔더라, 겨울이 지났는데도 손님들이 내복을 많이 사더라, 우유를 종류별로 진열하니 보기 좋더라. 우리도 따라 할 수 있다고 기대했을까. 그녀의 희망찬 말은 가게 문을 닫은 뒤에도 계속되었다. 그건 삶의 굴곡을 버텨온 이에게 새겨진 체념과 닮아 있었고, 그녀가 남은 생을 살아낼 힘일 터였다. 어딘데? 그의 물음에 나는 짧게 대답했다. 그 마트. 그는 돌아앉아 모니터를 보았고 그녀는 작은 소리로 혀를 찼다. 쉭쉭 소리가 부푼 풍선에서 빠지는 바람 소리를 닮았다고 생각했다.

잠깐씩 졸다가 깜짝 놀라 눈을 뜨기를 반복했다. 손님이 드물어 마냥 서 있자니 졸음이 몰려왔다. 팀장이 보면 난리칠 텐데. 천장에 매달린 카메라가 신경 쓰였다. 나는 엄지로 관자놀이를 누르고 매장 안을 보았다. 진열대 사이를 걸어오는 사람이 보였다. 얼굴은 늙수그레하고 옷은 초라했다. 그는 즉석식품과 유제품 진열대 사이를 걸어왔다. 손에 소주 두 병이 들려 있었고 몸은 비틀거렸다. 손가락 사이에 걸린 소주병이 흔들렸다. 그는 앞을 보지 않고 바닥만 보고 걷다 진열대에 어깨를 부딪쳤다. 비죽 튀어나와 있던 즉석 카레 봉지가 바닥으로 떨어졌다. 그가 카레 봉지를 주워 되는대로 진열대에 올려놓았다. 그러고는 비척비척 걸어 내 앞으로 왔다. 소주 두 병을 계산대 위에 놓고 바지 주머니를 뒤적였다. 술내가 확 끼쳐왔다. 이천팔백 원입니다. 그가 구겨진 천 원짜리 세 장을 내밀었다. 나는 영수증 위에 거스름돈을 얹어 건넸다. 그는 확인도 하지 않고 영수증과 동전을 한꺼번에 구겨 쥔 뒤 비틀거리며 멀어져갔다.

그는 나를 알아보지 못했다. 그는 우리 가게 단골이었다.

거의 매일 밤 소주 두 병과 컵라면을 샀다. 가게 간이 탁자에 앉아 컵라면을 안주 삼아 소주를 마셨다. 옷에는 늘 페인트와 시멘트 가루가 묻어 있었고, 혼잣말인지 누구 들으라고 하는 말인지 분간할 수 없는 말을 해대곤 했다. 문 닫을 시간에 나타나 한 시간씩 앉아 있는 그가 못마땅했지만, 아무 말도 하지 않은 건 그에게서 느껴지는 습기 때문이었다. 몸 전체가 습기로 가득 차 웅크리기만 해도 눈물이 흐를 것 같았다. 사기당했다던 전세 보증금은 되찾았는지 궁금했다. 그리고 컵라면도 없이 어디에 앉아 소주를 마시는지 걱정됐다.

허리 통증이 사그라지고 잠이 점점 달아났다. 다리가 뻣뻣하기는 했지만 아프지 않았다. 발이 부어 푹신한 스펀지 위에 선 것처럼 부드럽기까지 했다. 더 이상 눈꺼풀도 내리감기지 않았다. 나는 계산대 모니터의 시간을 보았다. 네 시 십이 분. 형광등 하얀 불빛을 따라 머릿속이 점점 하얗게 되는 느낌이었다. 마비되었던 신경이 되살아나고, 근육마다 힘이 붙는 것 같았다. 손님이 계산대에 올려놓은 물건들이 멀리 달아나듯 작아졌다가, 눈을 한 번 깜박이면 바로 코앞에 있기도 했다. 나는 머리를 흔들었다. 상품의 바코드를 찾아 스캐너에 댔다. 바코드에 그어진 검은 줄들이 물건에서 떨어져 나와 공중에 붕 떠 있는 것처럼 보였다. 그 위로 스캐너의 붉은 레이저 빛이 휙 지나갔다. 머릿속에서 뜨거운 물과 차가운 물이 섞이지 않고 죽죽 흐르는 것 같았다. 실실 웃음이 나왔다. 물건을 담던 젊은 손님이 나를 쳐다보았다. 나는 손님에게도 뜻 없이 웃음을 흘렸다. 뭐든지 할 수 있다는 생각이 들었다. 자동기계처럼 손을 움직여 순식간에 계산을 끝낼 수 있었다. 펄쩍 뛰어서 계산대 위로 올라설 수도 있었다. 높이 날아올라 형광등을 잡고 흔들어댈 수도 있었다. 그리고 마트 전체가 울리도록 고함을 지를 수도 있었다. 고함소리에 가득 쌓인 상품들이 바닥으로 무너져 내렸다. 물건도 돈도 불도 사람도 산도 도시도 모두 사라졌다. 밤도 낮도 아닌, 어둠도 빛도 아닌, 아무것도 아닌 허공에 그것이 보였다. 흡사 돌과 같은데 검고 단단해 보이며 둥그스름한 것. 내가 손짓하자 그것이 다가오고 있었다.

누군가 내 팔을 툭 쳤다. 순간 움찔해 머리를 내저었다. 네시 증후군이 이거다 싶었다. 이제 당신 휴식 시간이야, 삼십 분인 거 알지? 파마머리 여자가 말했다. 나는 눈을 감고 잠시 숨을 골랐다. 돈 통을 잠그고 옆 계산대를 이용하라는 팻말을 올려놓았다. 화장실을 다녀와 창밖을 보며 자판기 커피를 마셨다. 어두운 거리는 잘 보이지 않았다. 다만 가로등 옆 플라타너스가 넘어질 듯 출렁이는 것이 보였다. 바람을 따라 일제히 숙였다 일어서는 나뭇잎들이 거대한 파도를 닮았다. 문득 얼마나 버틸 수 있을까 하는 생각이 스쳤다. 햇빛 아래로 나온 민달팽이의 말라가는 피부처럼 온몸이 서걱거렸다. 남은 커피를 들이켜고 종이컵을 구겨 쓰레기통을 향해 던졌다.

일을 마치고 밖으로 나갔다. 새벽 어스름이 푸르렀다. 푸른 거리는 물속에 잠겨 있는 것처럼 보였다. 바다 물결이 일렁이며 흘러가는 느낌이었다. 계속 보고 있자니 어느 순간 나도 흘러간다는 착각이 들었다. 흐르듯 거리로 나아갔다. 나뭇잎이 세찬 너울을 견디지 못하고 떨어져 쓰레기와 함께 바닥에 굴렀다. 낙엽이 길을 걷는 이의 어깨를 치고 빠르게 흘러갔다. 나는 재킷의 깃을 세워 목을 감쌌다. 소용돌이가 된 물결이 달려오는 차에 거칠게 부딪혀 부서졌다. 나는 어젯밤 탔던 것과 같은 번호의 버스에 올랐다.

감은 머리를 미처 말리지 못했지만 옷은 멀끔하게 입은 청년, 의자에 앉자마자 졸기 시작하는 여자, 잘 다린 양복을 입고 바깥쪽이 심하게 닳은 구두를 신은 중년 남자. 이른 아침 버스에는 늘 같은 사람들이 같은 시간 같은 곳에서 타고 내렸다. 의도인지, 오랜 습관인지 알 수 없지만 앉는 자리도 일정했다. 어쩌면 어떤 일들은 우리 의지와 상관없이 우리를 제자리에 붙잡아두기도 밀어내기도 하는 것 같았다. 나침반을 얻고서야 길을 잃었다는 사실을 깨달은 느낌이었다.

내가 어디로 흘러가고 있는지 알고 싶었다.

버스가 달리는 사이 날이 밝았다. 버스에서 내리자 세찬 바람이 불어왔다. 산과 들이 솟구쳐 오를 것처럼 바람에 휩쓸렸다. 산바람은 도시 바람과 달랐다. 작은 바람에도 여러 가지 소리를 내며 흔들리는 것이 많았다. 나무와 풀잎의 움직임을 눈으로 볼 수 있고, 귀로 들을 수 있었다. 그래서 산바람은 더욱 강렬하게 느껴졌다. 나는 산을 옮길 기세로 흔들리는 나무들을 바라보다 시선을 거두어 주변을 둘러보았다. 농사를 짓지 않고 버려진 밭에는 잡풀이 무성했다. 며칠 동안의 강풍과 차가워진 날씨 탓에 누렇게 마른 풀들이 쓰러져 누웠다. 밭 한가운데에 열매가 가득 달린 나무가 보였다. 주황빛 열매를 주렁주렁 매단 감나무였다. 설익은 감이 바람을 이기지 못하고 바닥으로 떨어졌다. 가지가 휘도록 열린 감을 보니 올겨울은 꽤 추울 것 같았다.

어린 시절, 엄마는 나무 가득 열린 감을 따서 항아리에 담았다. 홍시로 익힐 것을 골라내고 남은 감을 줄에 꿰어 곶감을 만들며 나에게 말했었다. 이번 겨울은 아주 춥겠구나. 엄마는 사람들 표정을 잘 읽었고, 날씨도 잘 맞혔다. 비가 올 거라는 날에는 어김없이 비가 왔고, 바람이 불 거라는 날에는 거짓말처럼 강한 바람이 불었다. 사람들은 엄마에게 신기가 있다고 했지만 엄마는 주위를 세밀하게 살피고 자연과 섬세하게 소통하는 사람이었다. 엄마는 접시꽃이 줄기 끝까지 피면 장마가 끝난다고 했다. 호박넝쿨이 무성하게 지면 바람이 많이 분다고 했다. 가지꽃이 우거지게 피면 가뭄이 온다고 했다. 저녁에 매미가 심하게 울면 다음 날은 맑다고 했다.

홍시를 익히고 곶감을 만들던 그해 겨울, 엄마 다리를 베고 따뜻한 방바닥에 등을 붙이고 누워 있었다. 엄마는 내 머리칼을 쓸며 어린 시절 이야기를 들려주었다. 엄마는 문지방 앞에 누워 있는 걸 좋아했다고. 외할머니가 걸려 넘어지겠다며 비키라고 혼을 냈지만 비키는 시늉뿐 도로 누웠다고. 할머니가 문지방을 넘을 때마다 치맛자락에서 펄럭하는 냄새가 좋았다고. 내가 엄마 냄새? 하고 묻자, 엄마는 아니 바람 냄새 하고 대답했었다.

폭풍우가 불던 날 엄마는 갑자기 떠났다. 사라졌다는 말이 더 정확할 거였다. 마을 사람들이 엄마에 대해 수군댔다. 무당이 되어 신을 찾아갔을 거라고. 다른 남자를 따라갔을 거라고. 그런 가난은 누구라도 견딜 수 없었을 거라고. 버티고 버티다 지쳤을 거라고. 나는 사람들의 수군거림을 듣지 않았다. 엄마는 바람에 실려 갔다고 생각했다. 그렇게 믿었다. 바람이 부는 날이면 흔들리는 숲에서 엄마가 나타나길 기다렸다. 하지만 엄마는 돌아오지 않았다.

집 안에는 아무런 기척이 없었다. 어둑했고 커튼이 틈새 없이 쳐져 있었다. 빛이 들어오길 원치 않았는지 꼼꼼히 닫아놓았다. 나는 재킷을 벗고 소파에 앉았다. 어둠 속 전자시계의 붉은 막대기가 선명했다. AM 8:49. 여전히 붉은 점은 일 초마다 성급하게 깜박였다. 나는 시계로 다가갔다. 까치발을 딛고 시계를 내려 뚜껑을 열었다. 건전지 두 개를 꺼냈다. 그리고 컴퓨터 쪽으로 걸어갔다. 전원이 꺼진 모니터 뒷부분이 뜨뜻했고, 달구어진 플라스틱 냄새가 났다.

책상 위에 흩어져 있는 종이 한 장을 집어 들었다. 실적 부진 은행주 하락, 예탁금 줄고 미수금 늘어, 미국 금리 인상 가능성 따위의 메모들이 순서 없이 휘갈겨 쓰여 있었다. 종이를 무심히 내려다보다 다시 책상 위에 놓았다. 종이 밑으로 가려진 책 제목이 보였다. 만드는 방법. 그는 무엇을 만드는 방법을 읽는 걸까. 이 삶에서 빠져나갈 방법이 아직 남아 있을까. 종이를 옆으로 밀어냈다. 무에서 유를 만드는 방법. 눈물이 쏟아질 뻔했다. 내 힘으로는 도저히 어쩌지 못할 거라는 한계가 엄습했다. 입을 꾹 다물고 침을 삼켰다.

목울대가 심장처럼 펄떡거렸다. 봄, 여름, 가을, 겨울 계절이 바뀌듯, 비가 내리고 날이 개듯, 바람이 불고 잠잠해지듯 순리를 따르면 된다고 생각했었다. 그 흐름에 나를 맡기고 흘러가면 되는 거라고 생각했었다. 그런데 이젠 꼭 지켜야

할 마지막마저 놓아버린 느낌이었다. 위로를 받고 싶었다. 네 잘못이 아니야. 그의 잘못도, 그녀의 잘못도 아니야. 누군가 감싸 안고 등을 두드리며 해주는 말을 듣고 싶었다. 하지만 이내 고개를 저었다. 커튼을 들추고 창밖을 보았다. 숲속 나무들이 바람에 휩쓸려 사방으로 출렁였다. 잎사귀를 휘날리며 흔들리는 가지가 손짓했다. 나오라고, 가자고 말하고 있는 것 같았다.

조심스럽게 현관문을 열었다. 밖으로 나가 손잡이를 잡은 채 집 안을 돌아보았다. 다른 빨래 위로 겹쳐 올려 있는 이불이 보였다. 저대로 두면 쉰내가 날 텐데. 싱크대 위에 어제저녁에 먹은 시금치 통이 그대로 있었다. 냉장고에 넣지 않으면 상할 텐데. 한참 동안 구석구석을 눈으로 훑다 잡고 있던 현관문 손잡이를 놓았다.

버스 정류장을 지나 도로를 따라 걸었다. 바람에 머리카락이 날렸다. 재킷 자락이 펄럭였다. 한참을 걷자 작은 가게가 나왔다. 휑한 곳에 가건물로 지어진 가게는 아직 문을 열지 않았다. 해피 스토어라는 간판이 달렸고 유리문에는 각국 언어로 판매 품목이 쓰여 있었다. 영어와 한자의 간체자, 그리고 또 다른 문자. 근처 가구 공장 일꾼들이 손님일 터였다. 가게 앞에는 파라솔을 접은 테이블이 있었다. 거기에 갈색 피부 남자가 고개를 숙이고 앉아 있었다. 나는 남자를 지나치려 했다. 그런데 남자에게서 비 온 뒤 늪에서 올라오는 비릿함 같은, 햇볕에 달궈진 풀에서 나는 씁쓸함 같은 냄새가 났다.

남자를 돌아보았다. 탁자에 얹힌 남자의 오른손 세 손가락에는 그의 팔뚝보다 두꺼운 붕대가 감겨 있었다. 붕대에 쌓인 손가락은 다른 것보다 짧았다. 테이블에 놓인 음료수 병이 넘어지며 쏟아진 액체가 붕대 쪽으로 흘러갔다. 남자는 붕대가 젖는데도 꼼짝하지 않았다. 불쑥 남자 옆 의자에 앉았다. 그가 고개를 들어 나를 보았다. 나는 웃었다. 남자는 잠시 나를 바라보다 다시 고개를 숙였고 붕대 감긴 손을 무릎 위로 옮겼다.

테이블에 놓인 서류 봉투 역시 젖어가고 있었다. 나는 넘어진 병을 세웠다. 그리고 주머니에 손을 넣었다. 머리에 꽃술을 꽂은 여자가 준 돌멩이를 꺼냈다. 손바닥에 올리고 문질러보았다. 단단하고 묵직한, 광택 없는 매끄러움이 왠지 위로가 되었다. 돌멩이를 테이블에 내려놓았다. 돌멩이가 기울어진 테이블 위를 굴렀다. 다시 잡아 조심스럽게 서류 봉투 속으로 밀어 넣었다. 그리고 일어나 가던 길을 걸었다. 바람을 등지고 앞으로 나아갔다.

바람이 더 거세지고 있었다. 재킷과 치마가 펄럭이고 머리카락이 헝클어졌지만 상관하지 않았다. 바람이 나를 감싸 안아주는 느낌이었다. 왠지 걸음이 가벼웠다. 걸으면 걸을수록 더욱 가벼워졌다. 바닥에 스프링이라도 있는 듯 위로 솟구치는 느낌이었다. 어느 순간 발밑에서 뭔가가 나를 들어 올리고 있다는 생각마저 들었다. 밑을 내려다보았다. 발이 바닥에서 떠 허공을 걷고 있었다. 바람이 거세질수록 나는 점점 더 허공으로 떠올랐다. 그래도 걸음을 멈추지 않았다. 바람에 몸을 맡기고 계속 앞으로 나아갔다. 저 멀리 회오리가 일었다. 바람의 중심, 그 고요한 한가운데를 향해 다가갔다.

# 삐삐의 상자

남자가 칼을 든다. 허벅지를 내려다본다. 그곳에 칼을 내리꽂는다. 짧고 강렬한 신음이 터진다. 칼을 두 손으로 잡고 힘껏 끌어당긴다. 피가 흐른다. 긴장감을 고조시키는 드럼 소리가 울리고 바닥에 놓인 사진이 클로즈업된다. 사진 속 인물은 근육질이다. 높이뛰기, 마라톤, 투포환 선수 같다. 제 몸에 칼을 박은 남자가 거울에 비친다. 앙상하다. 볼트를 집어 든다. 굵고 길다. 녹이 슬어 금방이라도 붉은 가루가 떨어질 것 같다. 벌어진 허벅지 틈으로 그것을 밀어 넣는다. 하나, 둘, 셋. 드럼 소리가 멈추고 장면이 바뀐다. 남자가 허벅지를 감고 있는 붕대를 푼다. 붕대는 피에 절어 검은빛이다. 허벅지가 드러난다. 그 위에 구더기가 꽃처럼 피어 있다.

큭큭, 웃음이 나왔다. 꼬물거리는 구더기가 내 허벅지를 간질이는 것만 같았다. 아랫배가 단단해지고 다리가 저절로 꼬였다. 다리 사이에 손을 넣어 허벅지를 쓸어내렸다. 화면에서 시선을 떼지 않았다. 살이 썩은 고기처럼 뭉그러져도 남자가 살아 있는 게 신기했다. 오히려 통통한 하얀 구더기에서 생동감이 느껴졌다. 다시 한번 허벅지를 쓸어내린 뒤 리모컨을 들었다. 리플레이 버튼을 눌러 남자가 칼을 드는 장면으로 되돌렸다. 남자가 칼을 든다, 허벅지를 내려다본다, 그곳에 칼을 내리꽂는다. 순간 등 뒤에서 철컥하는 소리가 났다. 현관 자물쇠가 열렸다. 번호 키 누르는 소리를 듣지 못하다니.

급히 영상을 종료하고 텔레비전 입력 모드를 전환했다. 화면은 다큐멘터리 채널로 바뀌었다. 그제야 현관 쪽을 쳐다보았다. 남편이 신발을 벗고 있었다. 오늘은 일찍 왔네. 그가 겉옷을 벗으며 대답 대신 물었다. 뭐 보고 있었어? 나는 얼른 화면 위에 뜬 프로그램 제목을 읽었다.「가축의 자유에 대하여」. 그가 말했다. 가축도 자유가 있나? 나는 머뭇거렸다. 보지 않았으니 내용을 알 리 없었다. 그도 딱히 답을 바란 것은 아닌 듯했다. 우리 아기는 아무 탈 없이 잘 지냈어? 소파에 앉으며 화제를 바꾸었다. 나는 불룩한 배를 내려다보고 대답했다. 응, 아무 탈 없이. 그가 흠, 하고 가볍게 웃었다.

가축의 자유에 대한 다큐멘터리는 지루했다. 가축의 자연수명과 공장식 축산의 도살 개월 수를 비교하는 내용이었다. 수명이 십오 년인 돼지는 오 개월, 수명이 이십 년인 소와

닭은 각각 오 년, 사십오 일 만에 도살된다고 했다. 전문가는 가축에 사용되는 성장호르몬과 항생제의 역할을 지루하게 설명했다. 나는 인내심을 가지고 버텼고, 화면은 돼지우리 장면으로 바뀌었다. 철창으로 된 우리는 돼지 몸집에 꼭 맞았다. 그 안에서 돼지들이 온몸에 오물을 묻히고 코를 벌름거리고 있었다. 내레이터가 돼지우리를 좁게 만드는 이유를 설명했다. 운동량을 최소화하여 고기 양을 늘리기 위해서라고. 나는 베란다에 있는 삐삐를 떠올렸다. 삐삐에게도 다큐멘터리에서 말하는 자유가 있을지 생각했다.

삐삐는 내가 부화시킨 닭이었다. 언니가 곧 태어날 조카에게 물려준다며 책과 장난감을 보내왔다. 그 더미 속에 작은 부화기가 들어 있었다. 거기에 유정란을 넣은 건 순전히 장난이었다. 진짜 부화가 되리라고 생각지 않았다. 그런데 거짓말처럼 병아리가 알을 깨고 나왔다. 매일 프라이를 해 먹던 달걀에서 병아리가 나오는 것을 눈으로 확인하는 건 신기한 일이었다. 이어 난감함이 찾아왔다. 병아리를 버릴 수도, 먹을 수도, 누구에게 줄 수도 없었다. 남편과 나는 고민 끝에 키울 수밖에 없다는 결론을 내렸다. 막상 키우기로 결정하자 병아리는 귀엽고 사랑스러웠다. 삐삐, 하는 울음소리를 따서 이름도 삐삐라고 지었다. 삐삐는 하루 종일 작고 노란 몸을 흔들며 거실을 뛰어다녔다. 과자 부스러기를 주워 먹기도 하고, 바닥에 묻은 볼펜 자국을 하염없이 쪼기도 했다. 하지만 예쁜 병아리는 잠시였다. 노란 털이 빠지면서 몸집이 커졌다. 발톱과 부리도 날카로워졌다. 무엇보다 아무 곳에나 배설물을 흘리고 다녔다. 나는 라면 상자를 구해 삐삐의 집을 만들었다. 상자를 베란다에 놓고 수시로 삐삐를 가두었다. 그러다 언제부터인지 서서히 관심이 줄어갔다.

오늘 삐삐 먹이 줬던가? 그에게 물었지만 대답이 없었다. 그때였다. 화면 속 돼지 한 마리가 우리를 들이받으며 창살을 물어뜯기 시작했다. 입 주변으로 피가 흘렀지만 멈추지 않았다. 갑작스러운 상황에 카메라맨이 놀라 화면이 흔들렸다. 나는 당황했다. 돼지의 몸부림은 내가 매일 보는 하드고어와 달랐다. 영화 속에서는 피가 분수처럼 솟구쳐도, 전기톱으로 내장을 후벼 파고 뼈가 드러나도록 사지를 절단해도 아무렇지 않았었다. 그런데 돼지 입에서 흐르는 피는 차마 볼 수 없었다. 가슴이 먹먹하고 눈물이 날 것 같았다. 나도 모르게 손으로 입을 가렸다. 그리고 텔레비전을 껐다. 그가 말했다. 나 신경 쓰지 말고 보던 거 계속 봐. 나는 아니야, 하고 대답했다. 그는 스마트폰을 들여다보고 있었다. 방금의 화면을 보았다면 그도 그런 말은 하지 않을 거였다.

더 말을 이으려다 그만두었다. 대신 꺼진 화면을 바라보았다. 왜 이렇게 가슴이 두근거리는지 알 수 없었다. 낮게 심호흡을 하며 마음이 가라앉기를 기다렸다. 시간이 흐르고 다시 그를 돌아보았다. 아직도 스마트폰을 보고 있었다. 그는 늘 손에서 스마트폰을 놓지 않았다. 텔레비전을 볼 때도, 밥을 먹을 때도, 화장실에 갈 때도, 침대에 누워 잠들기 직전까지 스마트폰을 쥐고 있었다. 고작해야 세수를 하거나, 옷을 입는 것처럼 다른 일을 할 수 없을 때만이 예외였다. 가끔은 그만하기를 바랐지만 언제부턴가 마음을 접었다. 어차피 스마트폰을 하지 않는다 해도 딱히 둘이 할 일이 있는 것도 아니었다. 어쩌다 알 수 없는 답답함이 일 때 숨을 한번 크게 들이마시면 그만이었다.

숨을 들이마셨다. 바닥을 짚고 무릎을 세웠다. 일어나려 했지만 다리에 힘이 들어가지 않았다. 몸을 일으키다 휘청했다. 동시에 두 손으로 배를 감쌌다. 이런 게 본능인가, 넘어지더라도 배부터 감싸는 이런 거. 임신 육 개월이 넘자 몸이 마음처럼 움직여주지 않았다. 빨리 걸을 수도 없고, 눕거나 앉는 자세도 불편했다. 혈액순환이 되지 않아 다리가 자주 저렸고 두부처럼 푸석했다. 벽을 짚고 서서 다리에 힘이 들어가기를 기다렸다. 몸을 지탱해줄 단단한 뭔가가 있다면? 다리에 볼트를 끼워 넣던 남자도 이런 마음이었을까? 남자는 강철처럼 단단해지길 바랐을 거였다.

튼튼하고 강인한 몸으로 달리고 싶었을 테지. 달려서 어디로 가고 싶었을까. 그런 생각을 하자 영화를 끝까지 보지 못한 게 아쉬웠다. 남은 미련을 밀어내듯 저린 다리를 꾹꾹 주무르며 그를 보았다. 그는 손가락을 화면에 대고 쉴 새 없이 움직이고 있었다. 손가락 움직임이 격렬해질 때마다 탕탕거리는 효과음도 함께 빨라졌다. 요즘 그가 하는 것은 슈팅 게임이었다. 화면에 총구가 보이고 적이 나타나면 방아쇠를 당겼다.

죽여도 죽여도 계속 나타나는 적을 향해 끝없이 총을 쏘았다. 바닥과 벽이 피로 흥건해지도록 죽였다. 몰입해 있는 그를 보며 나는 또 숨을 들이마셨다. 천천히 걸어 싱크대로 다가갔다. 뭐 하게? 여전히 시선은 스마트폰에 두고 손가락을 바쁘게 움직이며 그가 물었다. 딱히 답을 들으려는 의도도, 내가 뭘 하는지 궁금함도 없는 질문. 무조건반사 같은 발성. 나는 조금 큰 소리로 대답했다. 당신 좋아하는 제육볶음 하려고. 그는 대답하지 않았다.

*

한 시쯤 되어 그가 잠들었다. 규칙적인 숨소리를 확인한 뒤 거실로 나갔다. 불은 켜지 않았다. 리모컨을 찾기 위해 소파와 바닥, 텔레비전 앞을 더듬었다. 컴컴해서 찾기가 쉽지 않았다. 눈을 가늘게 뜨고 어둠 속 물건을 하나씩 살피고 있을 때 빛이 번쩍 거실을 비췄다. 곧이어 창문이 진동할 정도로 천둥이 크게 울렸다. 베란다로 나가 창문에 얼굴을 가져다 댔다. 굵은 빗방울이 여러 번 유리창을 때리더니 갑자기 세차게 쏟아졌다. 창문을 열었다. 블라인드가 흔들리고 비가 들이쳤다. 영화 「왼편 마지막 집」에서도 이렇게 폭우가 쏟아졌다. 살육의 전조처럼 비는 모든 것을 두들겨 댔었다. 하드고어를 보기에 좋은 밤이었다.

또 번개가 쳤다. 천둥이 울리자 상자 안의 삐삐가 놀라 날갯짓을 했다. 비바람에 블라인드가 흔들릴 때마다 푸드덕거렸다. 점점 날갯짓이 커지다 창문을 닫자 잠잠해졌다. 상자를 들여다보니 언제 요란을 떨었냐는 듯 삐삐는 얌전히 앉아 있었다. 그물망이 뜯어진 곳은 없는지 살피고 상자에 붙인 테이프를 힘주어 눌렀다. 삐삐의 성장 속도는 놀라웠다. 상자에 넣고 얼마 지나지 않아 날갯짓이 거세졌다. 금방이라도 상자 밖으로 튀어나올 듯 들썩였다. 어쩔 수 없이 상자에 그물망을 쳤고 물과 모이를 줄 때만 그물망을 열었다. 그 뒤로 특별한 자극이 없는 한 삐삐는 아무런 기척 없이 조용했다.

리모컨은 소파 앞 바닥에 놓여 있었다. 영화를 틀고 볼륨을 줄였다. 그는 내가 보는 영화가 찝찝하다고 했다. 임산부가 태교는 못 할망정 육신을 찢고 자르고 가는 영화를 보면 되겠느냐고. 그를 설득할 생각은 없었다. 나 역시 임신을 하고부터 더욱 공포 영화에 집착하게 된 이유를 알지 못했다. 입덧이 심해질수록 불안감도 같이 커졌다. 몸살에 걸린 듯 열기에 휩싸이는 날이 잦았고 그럴 때마다 공포 영화에 빠져드는 나를 스스로도 막을 수 없었다.

공포 영화를 보지 않겠다고 약속한 적이 있었다. 대신 그에게 집에서 스마트폰 게임을 하지 말라고 부탁했다. 그는 선뜻 그러겠다고 대답했다. 하지만 지키지 못할 약속이란 걸 나는 알고 있었다. 예상대로 그가 스마트폰을 손에 쥐지 않은 날은 이틀을 넘기지 못했다. 조금씩 시간이 늘어나기 시작해 일주일 만에 예전으로 돌아갔다. 나도 마찬가지였다. 그가 출근하고 나면 정해진 일과처럼 영화를 보았다. 그 앞에서 대놓고 보는 것은 조심했고, 집안일도 신경 쓰이지 않도록 말끔히 했다. 그래서인지, 내가 여전히 공포 영화를 본다는 걸 눈치챘을 터인데도 그는 별다른 말을 하지 않았다.

그건 이제껏 내가 살아온 방식이었다. 별 탈 없이 공부하고, 거슬리지 않을 성적을 받고, 자연스럽게 대학을 졸업하고, 적당한 직장에 다니고, 평범한 사람을 만나 결혼하고. 이제 남에게 큰 흠 잡히지 않을 생활을 하고 있었다. 특출하게 잘나지도 별나게 못나지도 않은 삶이었다.

그러나 나는 종종 억누를 수 없는 강한 충동을 느꼈다. 모두가 조용히 고개를 숙이고 있는 도서관에서 비명을 지르고 싶은, 아파트 복도에 달린 비상벨을 누르고 싶은, 지하철역에 놓인 소화기를 뜯어내어 줄을 선 사람들에게 뿌려대고 싶은, 차들이 줄지어 달리는 고속도로에서 급정거를 하고 싶은. 충동에 휩싸이는 날이면 공포 영화를 보았다. 좀 더 자극적이고, 좀 더 잔인하고, 좀 더 불안한 영화일수록 좋았다. 영화를 보다 보면 잠시나마 충동을 가라앉힐 수 있었다.

볼륨을 더 줄이고 텔레비전 가까이 다가가 앉았다. 그래도 불안했다. 잠시 뒤 자리에서 일어났다. 그가 잠들어 있는 방 앞으로 가서 귀를 기울였다. 안심해도 될 것 같았다. 다시 화면을 보자 남자가 지하철역으로 내려가고 있었다. 뭔가를 발견하고는 놀라 달리기 시작했다. 둥둥거리는 타악기 소리에 맞춰 카메라는 쫓기는 자와 쫓는 자를 번갈아 담아냈다. 타악기 소리가 빨라질수록 화면이 바뀌는 속도도 빨라졌다.

남자가 달린다. 여자가 쫓는다. 여자의 팔은 기계다. 어깨에 철사, 못, 드릴이 뒤엉켜 달려 있다. 남자가 숨을 몰아쉬며 뒤를 확인한다. 여자가 관절 인형처럼 몸을 꺾으며 달려온다. 남자가 막다른 곳에 닿는다. 화장실로 들어가 문을 잠근다. 문틈으로 밖을 살핀다. 여자가 가방에서 거울을 꺼낸다.

거울을 보며 기계 손으로 자신의 귀를 잡아당긴다. 귀가 당겨지고, 늘어나고, 찢어진다. 여자가 웃는다. 남자가 바닥에 주저앉는다. 그때 변기 속으로 뭔가가 떨어진다. 물에 빨간 피가 번진다. 귀다. 남자가 비명을 지르며 위를 본다. 여자가 기계 손을 아래로 뻗는다.

나는 귀로 손을 가져갔다. 귀를 덮고 있는 머리카락을 뒤로 넘겼다. 귀를 천천히 잡아당겼다. 손가락을 놀려 귀를 이리 구부리고 저리 돌리고 마구 구겼다. 점점 더 손가락에 힘이 들어갔다. 그럴수록 귀는 더 심하게 찌그러졌다. 두둑 하는 소리가 나고 아팠지만 멈추지 않았다. 그러는 사이에도 시선은 영화에 고정했다. 타악기 소리가 더욱 빨라졌다. 끼익거리는 기계음도 커졌다. 나는 있는 힘껏 귀를 잡아당겼다. 툭. 배가 움직였다. 손을 배에 올렸다. 툭, 툭. 다시 배가 움직였다. 아기가 발길질을 하고 있었다. 배 속에서 쿨렁거리는 느낌이 났다. 배에 손을 대고 가만히 있으니 조용해졌다. 헐렁하게 내리덮은 티셔츠를 가슴까지 끌어 올렸다. 크고 둥그런 배. 피부가 터져 여기저기 줄이 그어져 있었다. 줄 하나하나가 화면 빛에 붉게 도드라져 보였다. 혹시나, 검지를 펴 붉은 줄을 꾹 눌렀다. 아기는 움직이지 않았다. 붉은 줄을 더 세게 눌렀다.

그때, 방 안에서 기침 소리가 났다. 바로 음소거 버튼을 눌렀다. 어쩔 수 없는 일이지만 맥이 빠졌다. 하드고어는 자막 없이는 볼 수 있어도, 소리 없이는 밋밋한 법이었다. 날카로운 소리가 사라진 영화에서 흐르는 피는 흑백 무지개만큼이나 건조했다. 감각을 자극하지 않는 공포 영화는 어린이용 만화 영화와 다를 게 없었다. 나는 숨을 죽이고 방을 향해 귀를 기울였다. 창문에 비 부딪치는 소리, 어쩌다 울리는 천둥소리, 삐삐가 부리로 상자를 치는 소리가 들릴 뿐이었다. 음소거를 해제했다. 영화는 클라이맥스였다. 남자가 성기를 거대한 전동드릴로 바꾸고 애인의 성기를 찢어 살해했다. 남자의 몸은 엔진과 바주카포까지 단 기계 덩어리로 변했다. 그 몸으로 거리를 질주하는 장면이 영화의 마지막이었다. 나는 엔딩 크레딧이 올라가는 동안 손으로 입을 가리고 소리 없이 웃었다.

까치발로 걸어 방문 앞에 섰다. 숨을 죽이고 천천히 문고리를 돌렸다. 어둠에 눈이 익기를 기다려 침대로 다가갔다. 그는 등을 보이고 벽을 향해 누워 있었다. 이불을 조심히 들추고 옆에 누웠다. 그는 깊은 잠에 빠져 숨소리조차 내지 않았다. 흐트러진 이불을 덮어주고 그의 손등에 내 손을 포갰다. 언젠가 그는 내 손이 따뜻해 낯설다고 했었다. 그런데 당신에겐 차가운 손도 어울리지 않아. 온도가 없는 느낌이랄까. 말하고 미안했는지 어색하게 웃으며 당신은 좋은 아내이고 자신은 결혼을 잘했다고 덧붙였다. 무색무취라는 거겠지, 나는 그렇게 중얼거렸다.

번개가 번쩍일 때마다 천장의 벽돌 무늬가 하얗게 빛났다. 천장 벽지를 벽돌 무늬로 고른 사람은 나였다. 인테리어 가게 사장은 천장까지 벽돌 무늬로 하는 경우는 없다고 조언했다. 그가 아내의 말대로 해달라고 나서지 않았다면 지금 천장은 반짝이 가루가 뿌려진 상아색 벽지가 발라져 있을 거였다. 인테리어에서 내 의견대로 된 것은 천장 벽지가 유일했다. 나머지는 모두 가게 사장이 무난하다고 추천한 것들이었다. 내 선택은 틀리지 않았다. 천장을 보고 있으면 벽돌이 쏟아져 내릴 것만 같았다. 답답함을 부숴버릴 것 같은 긴장감이 좋았다.

벽돌에 대한 나의 애착은 오래되었다. 열 살쯤, 외갓집 마루에 엎드려 그림을 그리던 그날부터였다. 엄마를 포함한 어른들이 작은 소리로 이야기 중이었다. 나는 그림을 그리는 척했지만 신경은 온통 어른들의 대화에 쏠려 있었다. 옆집에 살던 늙은 총각이 사람을 잡아먹었다는 소문에 대한 거였다. 늙은 총각은 폐암을 치료하기 위해 어린아이를 잡아다 살을 발라 먹었다고 했다. 어른들이 내 눈치를 살피고는 다시 속삭였다. 남은 살을 어딘가에 보관하다 경찰에 들켰다고. 나는 늙은 총각이 남은 살을 어디에 보관했는지 듣지 못했다. 하지만 상상으로 집을 한 채 그렸다. 시멘트 벽돌이 아귀가 맞지 않아 빈틈이 많은 집이었다. 집 안에는 늙은 총각과 아이 한 명을 그려 넣었다. 그리고 눈을 감은 채 마음속으로 영상을 만들었다. 늙은 총각은 기대에 찬 눈빛이다. 예리한 칼을 들어 아이의 살을 저민다. 붉고 얇게. 그것을 벌어진 벽돌 틈새에 끼워 넣는다. 벽돌 사이로 비치는 붉은빛을 보며 흐뭇하게 웃는다. 나는 눈을 뜨고 늙은 총각의 웃는 얼굴을 그렸다. 그 얼굴을 보며 어린 나는 구역질을 했다. 결코 싫은 느낌은 아니었다. 근육이 긴장하고 속이 꼬이는 느낌, 해서는 안 되는 상상을 하는 쾌감. 어쩌면 그것은 처음으로 금기를 넘어서며 맛보았던 쾌락일 것이었다.

*

눈을 떴을 때 아무도 없었다. 임신을 한 뒤로 그는 나를 깨우지 않았고, 나도 굳이 일어나려 노력하지 않았다. 늦은 시간에 일어나 청소와 빨래를 하고 나면 그가 퇴근하기 전까지 공포 영화를 보았다. 전자레인지에 머리를 넣고 돌리는 장면을 보며 전자레인지에 익힌 달걀찜을 먹었고, 대바늘로 손톱 밑을 찔러 손톱이 뒤집히는 장면을 보며 터진 솔기를 꿰매었고, 피부를 벗겨내는 장면을 보며 감자 껍질을 깠다.

날씨가 잔뜩 흐려 아침인데도 어둑했다. 우유를 한 잔 따라 거실 탁자에 올려두고 작은방으로 갔다. 컴퓨터를 켜고 외장하드를 연결한 뒤 폴더를 클릭했다. 공포 영화 육백여 편이 들어 있는 폴더였다. 공포 영화에 빠져들면서 미친 듯이 수집하고 다운로드 해 모은 것들이었다. 맨 위 엑셀 파일을 열었다. 마우스 휠을 굴려 순서대로 천천히 목록을 읽어 내려갔다. 「데드 링거Dead Ringers」, 1988, 데이비드 크로넨버그, 「안달루시아의 개An Andalusian Dog」, 1929, 루이스 부뉴엘, 「이블 데드The Evil Dead」, 1981, 샘 레이미, 「기니어 피그 2: 혈육의 꽃Guinea Pig 2: Flowers Of Flesh And Blood」, 1985, 유가오 키라라. 공포 영화는 워낙 리메이크가 많고, 시리즈가 많아 자세히 적어놓지 않으면 중복되거나 빠트리는 경우가 있었다. 우리나라에서 정식 루트로는 구하기 힘든 영화나 전혀 엉뚱한 제목으로 들어온 영화들도 많아 원제까지 정확히 적는 게 그동안 쌓은 나의 노하우였다.

처음 우연히 보게 된 공포 영화는 「서스페리아suspiria」였다. 영화음악이 클래식하면서도 마음을 조였다. 화면에는 어린아이의 그림에나 나올 법한 원색들이 넘쳐났다. 나는 그 색깔을 보며 어릴 때처럼 구역질을 했다. 그때와 다른 점이라면 막연한 느낌이 아니라는 거였다. 긴장해 오그라든

피부 위에 오돌토돌하게 소름이 돋으며 털이 일어서고 나면 등줄기로 차가운 땀이 흘러내렸다. 한껏 긴장된 상태에서 등을 따라 흐르는 땀의 서늘함에 나는 흥분했다. 안개가 한 번에 걷히고 모든 것이 선명해지는 느낌, 후덥지근한 공기를 가르고 맹렬히 날아온 차가운 바람의 느낌, 소금쟁이조차 없는 고요한 저수지에 커다란 바위가 떨어지는 느낌.

그 뒤로 나는 공포 영화를 보기 시작했다. 결혼하고부터는 걷잡을 수 없이 빠져들었고, 임신을 하면서 더욱 집착하게 되었다. 평범하게 극장에서 개봉한 영화부터, VOD로만 출시된 영화, 파일을 몰래 주고받는 비밀 카페에 가입해 마니아들만 구할 수 있는 영화까지 수집했다. 오컬트 무비, 스플래터 무비, 슬래셔 무비 등 가리지 않았다. 일본 B급 하드고어까지 찾아 모았다. 화면 속에서 자르고, 가르고, 갈고, 후벼서 피가 낭자할수록 짜릿한 쾌감을 느꼈다. 파괴와 살육은 내 몸속 아드레날린을 끌어내었고 나는 점점 더 그 느낌에 중독되었다. 새삼 내 안에 악마처럼 도사리고 있던 파괴 본능을 찾아낸 느낌이었다. 어쩌면 천사의 속삭임일지도 몰랐다.

눈에 띄는 제목 수십 개를 복사해 새 페이지에 옮겼다. 제목 하나하나를 꼼꼼히 읽으며 어떤 영화일지 머릿속에 그려보았다. 최근에는 보지 않은 영화를 찾아 한참 뒤져야 했다.

제목만 보고 무작위로 골라 재생하면 이미 본 것인 경우가 잦았다. 어떤 영화는 봤는지 안 봤는지 분간할 수도 없었다. 이상하게 영화를 볼수록 무엇을 보았는지 기억나지 않았다. 러닝 타임의 반이 지나서야 전에 본 영화라는 걸 깨닫기도 했다. 장면들이 뒤엉켜 머릿속에서 엉뚱한 이야기가 되기도 했다. 영화와 내가 겪은 일이 뒤섞여 전혀 새로운 내용으로 기억되기도 했다. 불현듯 영화와 나 사이에 경계가 모호해지고 있다는 느낌도 들었다. 이대로 괜찮을지, 하고 생각하면서도 손은 마우스 휠을 굴렸다. 「임프린트imprint」라는 제목이 눈에 들어왔다. '자국'이라는 뜻이 데드니 공포니 하는 말보다 훨씬 호기심을 자극했다. 망설임을 접고 외장하드에서 파일을 찾아 USB에 담았다.

어두운 밤, 대여섯 명의 사내가 나룻배를 타고 유곽이 있는 섬으로 간다. 서로 실없는 소리를 주고받으며 낄낄거린다. 배가 뭔가에 부딪혀 흔들린다. 여자의 시체. 사공은 자주 겪는 일인 듯 삿대로 시체를 민다. 시체가 뒤집히고 옷이 흘러내린다. 사공이 말한다. 애를 가졌군. 검은 물 위로 얼굴이 떠오르고 불은 젖과 불룩한 배가 떠오른다. 사내들이 재수없다는 표정으로 침을 뱉는다. 사공은 삿대로 시체를 멀리 밀어낸다. 얼굴과 가슴, 배를 수면 위로 둥그렇게 드러낸 시체가 물결을 따라 흘러간다. 게이샤의 노래가 울려 퍼진다.

나는 게이샤의 노래를 따라 읊조리며 고개를 좌우로 움직였다. 뜻을 몰라도 음악은 밤 풍경과 어울려 처연하고 아름다웠다. 시체의 둥그런 배는 마음에 들지 않았다. 썩은 물풀이 엉겨 붙어 더러웠다. 배경음악과 달리 미끈거리고 끈적여 보였다. 배의 크기로 보아 아기가 태어나기 직전인 것 같았다. 누군가 여자를 원치 않았거나, 여자의 임신을 원치 않았을 테지. 타살이든 자살이든 그녀가 선택한 죽음은 아닐 거였다.

그는 경제적으로 안정이 되면 아이를 낳자고 지금껏 미뤄왔다. 올해 초 그가 아이를 가지자고 말했을 때에야 나는 임신이 싫다는 것을 깨달았다. 거부라기보다는 두려움이었다. 언젠간 아이가 내게 물을 것만 같았다. 나의 태어남을 왜 당신이 결정했냐고? 스스로 선택하는 삶이 가능하긴 하냐고? 살아지는 거, 그런 게 인생이냐고? 세상에 아이를 내어놓는 게 불안했다. 아이가 살게 될 삶이 무서웠다. 그러나 임신을 원하지 않는다는 말을 하지 못했다. 의지로 어떤 일을 관철하는 것은 내가 살아보지 못한 삶이었다. 그것이 설령 엄마가 되는 일이라 해도 마찬가지였다.

영화는 어둠 속에 화려히 등을 밝힌 유곽 장면으로 바뀌었다. 입이 오른쪽 귀밑까지 찢어진 게이샤가 남자의 시중을 들고 있었다. 남자는 헤어진 연인을 찾아 유곽에 들어왔다. 그리고 입이 찢어진 게이샤가 자신의 연인을 살해한 걸 알게 되었다. 남자가 그녀에게 왜 그랬느냐고 물었다. 게이샤가 미소 지으며 대답했다.

"코모모는 정말 친절했어요. 모두가 외면하는 나 같은 사람한테까지 말이죠. 하지만 모질게 구는 건 참을 수 있어도 친절한 건 참을 수 없었어요."

게이샤의 대사가 가슴에 박혔다. 따지고 보면 현실은 공포 영화보다 잔혹했다. 단지 현실에선 최대한 피의 흔적을 지우고 깨끗하고 아름답게 가장했다. 오히려 공포 영화는 최대한 더럽고 잔혹하게 피를 드러낸다는 점이 다를 뿐이었다.

공포 영화가 현실보다 솔직하다고 생각하는 동시에 단어 하나가 머리를 스쳤다. 돼지우리. 단어가 머릿속을 맴돌기 시작했다. 눈은 영화를 보는데도 집중할 수 없었다. 단어가 머릿속을 가득 채우고 몸 구석구석으로 흘러내리는 느낌이었다. 눈을 꽉 감았다 다시 떴다. 손가락 끝부터 열기가 퍼지고 가슴이 두근거렸다. 손바닥을 보았다. 빨갛게 열이 올라 있었다. 크게 숨을 들이마셨다. 탁자에 놓인 우유 컵을 꽉 쥐며 중얼거렸다. 괜찮아. 그런데도 컵을 잡은 손이 덜덜 떨렸다. 컵이 탁자와 부딪쳐 덜그럭거렸다. 다른 한 손으로 떨리는 손을 붙잡았다. 다시 숨을 크게 들이마시고 우유를 들이켰다.

하지만 가슴이 불덩이처럼 뜨거워지고 온몸이 점점 달아올랐다. 컵을 내려놓지 못하고 출렁거리는 우유를 바라보았다. 컵을 쥔 손을 천천히 뒤로 젖혔다. 던질 수 없어, 하고 생각하는 순간 컵은 벽을 향해 날아갔다. 쨍, 소리와 함께 달아올랐던 몸이 순식간에 차가워졌다. 정신을 차리고 주변을 둘러보았다. 우유가 벽을 타고 흐르고 날카롭게 쪼개진 유리 조각이 바닥에 흩어져 있었다. 이래선 안 된다고 생각하면서도 왠지 마음은 편안했다.

*

아직 끝나지 않은 영화를 껐다. 유리 조각을 모아 버리고 벽을 닦았다. 당분간 영화를 그만 보아야겠다고 생각했다. 미뤄두었던 집안일을 하기로 마음먹었다. 커튼을 떼어 세탁기에 넣고, 탁자마다 쌓인 먼지를 닦았다. 서랍장을 열어 두꺼운 옷을 장롱으로 옮기고 여름옷은 서랍장으로 옮겼다. 신발장에 있는 신발을 모두 닦고, 신발장 안까지 청소했다. 그러는 사이 해가 지기 시작했다.

세탁기에서 커튼을 꺼내어 베란다로 가져갔다. 그 소리에 모이를 주러 오는 줄 알았는지 삐삐가 날갯짓을 했다. 그물망 너머로 상자를 들여다보았다. 삐삐는 날개를 펴려 했지만 상자가 좁아 다 펴지 못했다. 어느새 훌쩍 커버린 삐삐에 비해 상자가 작았다. 삐삐는 펴지지 않는 날개가 답답하다는 듯 세게 푸드덕거렸다. 그 바람에 구석에 놓인 물그릇이 쏟아졌다. 새로 모이와 물을 가져다 상자에 넣었다. 삐삐 탓이 아니다. 조용히 모이를 쪼는 삐삐를 보며 상자를 바꿔주어야겠다고 생각했다. 손으로 상자의 뼘을 재었다. 가로 세 뼘, 세로 한 뼘 반. 두 배 정도 되는 크기의 상자를 구하면 될 듯싶었다.

집을 나서자마자 그에게서 전화가 왔다. 야근을 해야 한다고 했다. 나는 저녁 식사를 잘 챙기라고 평소처럼 다정하게 당부했다. 그리고 노을이 내려 붉어진 하늘을 바라보았다. 어젯밤 천둥까지 치며 쏟아지던 비는 그쳤지만 여전히 눅눅했다. 공기 속에 비가 머물러 있는 듯 끈적이고 퀴퀴했다. 얇은 옷이 자꾸만 팔과 다리에 들러붙었다.

마트 포장대에는 크기가 다양한 상자들이 많았다. 상자 몇 개를 꺼내놓고 뼘을 재어 크기를 가늠했다. 가장 큰 것은 화장지 상자였는데 접어서도 들고 가기 부담스러운 크기였다. 그래도 더 자랄 삐삐를 생각하면 클수록 좋았다. 화장지 상자를 들고 집으로 향하는 골목 입구에 섰다. 그사이 해가져 좁은 골목은 깜깜했다. 골목 중간쯤 담배를 문 이들 서넛이 서성거리는 모습이 보였다. 나는 대로변으로 방향을 틀었다.

상자가 워낙 커 옆구리에 끼기는 어렵고 온전히 손가락 힘만으로 잡아야 했다. 처음 얼마 동안은 걸을 만했다. 하지만 시간이 지날수록 배가 땅기고 손가락이 얼얼해지며 자꾸 미끄러져 내렸다. 길이 젖어 있어 상자를 바닥에 내려놓을 수도 없었다. 걷는 중간중간 발등에 상자를 올리고 쉬었다. 몸이 온통 땀으로 젖고 현기증까지 일었다. 조금 더 걷자 앞쪽으로 길게 붉은 등을 밝힌 정육점들이 보였다. 축산물 시장 거리였다. 주위가 어두워 붉은빛이 도드라졌다. 나는 상자를 발등에 내리고 가로수에 몸을 기댔다. 숨을 크게 들이마시고 어지러움이 가라앉기를 기다렸다. 그러다 가로수 앞에 놓인 비닐 포대가 눈에 들어왔다. 워낙 가득 담아 주둥이를 다 오므리지 못한 사이로 누르스름하고 빨간 내장들이 보였다. 포대에서 흘러나온 피가 가로수 밑동 흙으로 스며들고 있었다.

억지로 발을 내디뎠다. 정육점 몇 개를 지났을 즈음 차량 경적 소리가 여기저기서 울렸다. 택시 십여 대가 차로를 거의 막다시피 정차해 있었고 뒤로 밀린 차들이 신경질적으로 경적을 눌러댔다. 평소에는 한산한 도로인데 무슨 일일까.

나는 택시에서 내린 사내들을 눈으로 따라갔다. 사내들은 붉은 네온사인이 요란하게 깜박이는 건물로 들어갔다. 그제야 이 동네에 유명한 나이트클럽이 있다고 들은 게 기억났다. 여러 쌍의 남녀가 건물을 나와 시장 골목으로 사라졌고, 어떤 이는 술에 취해 몸을 가누지 못했다. 소와 돼지를 잡는 곳 한중간에 있는 나이트클럽. 쌍쌍이 짝을 지어 나와 싱싱한 고기와 내장을 먹고 술집이나 모텔로 향하는 사람들. 그곳의 불빛도 정육점처럼 붉은색일 거라는 생각이 들었다.

이마에 맺힌 땀을 닦고 진열장의 고깃덩이들을 보았다. 말끔히 포장된 고기가 붉은 조명을 받으며 초록색 인조 식물 위에 놓여 있었다. 늘 보던 광경인데도 왠지 거부감이 일었다. 주인은 커다란 칼을 연신 칼갈이에 문지르며 텔레비전을 보고 있었다. 동물원에서 탈출한 곰을 안전하게 포획하여 되돌려 보냈다는 뉴스였다. 심한 피비린내가 코로 올라온 것은 그때였다. 썩은 고기만큼 지독한 냄새가 내 안에서 식도와 기도를 타고 올라와 코와 입으로 뿜어져 나왔다. 어지러웠고 구토가 몰려왔다. 꼭 쥐고 있던 상자를 놓치고 바닥에 주저앉았다. 왜 그러느냐는 사람들의 말소리가 아뜩하게 멀어졌다 다가오기를 반복했다.

여자가 누워 있다. 행복한 꿈을 꾸는 듯 평화로운 표정이다. 여자의 입가에 미소가 어린다. 잠시 뒤 여자가 천천히 눈을 뜬다. 반듯이 누워 천장을 바라본다. 작지만 환한 방. 손을 들어 앞머리를 쓸어 올리는 순간, 하얀 벽에 검은 형상이 어린다. 여자가 몸을 벌떡 일으킨다. 달려가 문을 연다. 문 앞은 쇠창살이다. 창살 너머로 길고 좁은 복도가 보인다. 여자가 창살을 쥐고 흔든다. 꿈쩍하지 않는다. 방 안을 돌아본다. 창문 없는 한 평의 공간. 온통 검게 변한 벽이 서서히 여자를 향해 밀려온다. 탈출할 곳은 어둡고 좁은 복도뿐이다. 다시 창살을 쥐고 힘껏 흔든다. 창살은 견고하다. 여자가 온몸으로 창살을 들이받는다. 몸부림치는 여자의 얼굴 위로 피가 흐른다.

꿈인지 현실인지 멍했다. 분명 정신이 혼미해져 헛것을 보았을 텐데 장면은 영화처럼 선명했다. 손으로 입을 문지르고 주위를 둘러보았다. 둘러싼 사람들의 발이 보였다. 운동화, 구두, 운동화, 구두. 정신을 차리려 그들의 신발을 헤아리듯 살폈다. 입덧이 심한가 보다며 주고받는 말소리가 들렸다. 누군가 나를 부축해 일으켰다. 나는 몇 걸음 휘청거리고 나서 몸을 바로 세웠다. 방금 본 장면이 어떤 영화였는지 기억을 더듬었다. 비슷한 장면을 본 것 같기도 본 적 없는 것 같기도 했다. 어지럼증은 여전했고 걸음은 더뎠다. 영화를 떠올리려 애쓸수록 창살을 쥐고 흔들던 여자의 감정이 전해져 왔다. 창살이 있는지 몰랐을까, 결국 탈출할 수 있을까, 아니면 단념했을까. 되짚을수록 울컥울컥 울음이 올라왔다. 날개를 펴지 못하는 삐삐는, 삐삐도 숨이 막히는 답답함을 견디고 있을까.

신발도 벗지 않고 거실 바닥에 누웠다. 등이 젖어 축축했다. 땀이 식으면서 한기가 느껴졌지만 움직이기 싫었다. 그대로 눈을 감고 누웠다. 한참이 지나 캄캄한 거실에서 눈을 떴다. 기운이 모두 빠져나간 것 같은 몸을 일으켰다. 입술이 바짝 말라 거칠었고 입 속은 나무껍질처럼 껄끄러웠다. 냉장고에서 물을 꺼내 입술을 축이며 조금씩 마셨다. 차가운 물이 내장을 훑고 지나가는 게 고스란히 느껴졌다.

그에게서 곧 출발한다는 연락이 왔다. 전화를 끊고 베란다로 나가 삐삐를 보았다. 문득 삐삐가 삐삐, 하고 울기는커녕 아무 소리도 내지 않은 지 한참 되었다는 생각이 스쳤다. 손으로 상자를 건드렸다. 삐삐는 그물망을 뚫고 날아오를 듯 날갯짓을 할 뿐 울지 않았다. 상자를 쳤다. 양쪽 날개를 다 펴지 못하고 푸드덕거리는 몸짓은 날갯짓이라기보다는 몸부림에 가까웠다. 나는 테이프를 뜯어내고 그물망을 걷었다. 삐삐가 상자 안에서 맴돌았다. 모이통과 물통을 꺼내고 천천히 상자를 기울였다. 바닥이 흔들리자 당황한 삐삐가 가는 다리로 버텨보려 제자리 뜀을 하더니 이내 기울어진 상자 벽으로 올라섰다.

상자를 완전히 눕혔다. 베란다에 삐삐를 풀어놓을 작정이었다. 상자에서 물러나 삐삐가 나오기를 기다렸다. 곧바로 뛰어나오리라는 예상과는 달리 삐삐는 상자 안에서 꼼짝하지 않았다. 아무리 기다려도 제자리를 맴돌 뿐이었다. 상자에 손을 넣어 삐삐를 밖으로 밀었다. 삐삐는 내 손을 피해 상자 깊숙이 들어갔다. 결국 힘껏 삐삐를 상자 밖으로 밀어냈다. 정말 오랜만에 삐삐가 상자 밖으로 나왔다. 나는 삐삐가 나에게 날아오를까 걱정되어 다시 거리를 두고 섰다. 하지만 삐삐는 제자리에 가만히 서서 목만 까딱거리고 움직일 생각을 안 했다. 어쩐지 불안해 보였다. 삐삐는 제자리에서 몇 바퀴 돌더니 상자 속으로 돌진했다. 날갯짓 한 번 없이, 꼬끼오 하는 울음 한 번 없이 상자 안으로 들어갔다.

마지막으로 삐삐가 상자 밖으로 나왔던 게 언제인지 떠올려보았지만 기억나지 않았다. 몇 개월? 노란 털을 벗은 뒤 처음이었다. 그건 삐삐가 살아온 삶의 대부분을 상자에서 보냈다는 뜻이었다. 본능적인 날갯짓일 뿐 상자 밖으로 나오는 건 불가능했다. 울컥 화가 치밀었다. 이렇게 사는 건, 사는 게 아니다, 죽느니만 못한 삶이다. 몸에 퍼지는 열기가 느껴졌다. 곧이어 영화 장면이 떠올랐다. 남자가 칼을 든다. 허벅지를 내려다본다. 그곳에 칼을 내리꽂는다. 짧고 강렬한 신음이 터진다. 칼을 두 손으로 잡고 힘껏 끌어당긴다. 피가 흐른다. 나는 또다시 눈앞이 흐려지고 정신이 흐트러지는 걸 느꼈다. 영화인지 현실인지 분간이 되지 않았다. 영화를 찍는 카메라처럼 주변을 둘러보았다. 그러다 부엌으로 달려갔다. 칼을 집어 들었다. 베란다로 달려갔다. 상자 속의 삐삐를 꺼내 들었다. 녀석을 가랑이 사이에 끼워 깔고 앉았다. 삐삐가 몸부림쳤다. 삐삐의 머리를 잡아 목을 길게 뺀 뒤 칼을 높이 쳐들었다. 배 속에서 아기가 툭툭 발길질을 하고 있었다.

• 작품 속에 등장하는 영화 장면은 「철남The Ironman」(쓰카모토 신야, 2004)을 참고하였다.

# 머문 자리

순간 재희는 앞으로 꼬꾸라졌다. 두 손으로 발가락을 모아 잡고 옆으로 쓰러졌다. 눈꼬리에 눈물이 맺혔다. 오랫동안 멈춰 있다 천천히 손을 풀었다. 엄지발가락이 벌겋게 부어올랐고, 발톱엔 허옇게 점이 생겼다. 싱크대 앞에 주먹 두 개 크기의 검정 비닐봉지가 보였다. 냉동실에서 굴러떨어져 발가락을 때린 거였다.

문이 열린 냉동실은 비닐봉지로 가득 차 있었다. 쌀국수, 새우, 어묵이 보이고 나머지는 검은 봉지였다. 일일이 열어보기 전에는 뭐가 들었는지 알 수 없는 것들이었다. 재희는 음식 재료가 남을 때마다 냉동실에 넣었다. 필요한 것만 최소한으로 구매하는 게 생활 습관이었지만 이상하게 음식만은 그러지 못해 냉장고엔 언제나 빈틈이 없었다. 남편은 남은 재료는 버리라고 타박하곤 했다. 이제 그 정도는 해도 된다는 이유였다. 그때마다 재희는 아깝잖아, 하고 맞받아쳤다.

어차피 온갖 묵은 음식들만 쑤셔 박아놓을 건데 팔백만

원짜리 냉장고가 무슨 소용이야, 괜한 심술이 일었다. 남편은 이사가 결정되고 이럴 때 아니면 언제 사겠냐며 비싼 냉장고를 고집했다. 서브제로 냉장고를 먼저 본 그에게 이 냉장고는 사볼 만한 국산품이었다. 이렇게 비싼 걸 굳이, 하며 망설이는 재희에게 대리점 직원은 연예인도 쓰는 거라고 들어본 듯한 이름을 나열했었다.

떨어진 비닐봉지 안엔 토막 난 생닭이 서로 들러붙어 얼음덩어리가 되어 담겨 있었다. 이사 온 뒤 닭을 냉동실에 넣은 기억이 없으니 적어도 일 년은 넘었을 거였다. 냉동실을 헤집어 빈 자리를 만들고 다시 깊숙이 박아 넣었다. 뒤늦게 고통이 퍼지며 발가락이 심장처럼 펄떡였다. 재활용품을 내놓기 전 하려던 일이 뭐였는지 기억나지 않았다.

절뚝거리며 핸드폰을 찾아와 소파에 앉았다. 포털 창을 띄워 선거 관련 기사와 세대별 자산 증가 비율에 대한 칼럼을 읽었다. 새로 나온 핸드폰과 해외 여행지 추천 광고도 보았다. 메인에 떠 있는 기사 제목을 훑다 검색창에 자신이 사는 아파트 이름을 썼다. 며칠 사이 부동산 거래 내역은 없었다. 증권사 앱을 띄워 아스테 주식을 확인했다. 어제보다 일 점 오 퍼센트 떨어진 상태였다. 아스테 주식은 몇 달째 하락 추세였다. 되짚어보면 남편과 재희가 팔 때가 최고점 근처였다.

부동산 관련 기사에는 정부 정책을 비판하는 댓글이 대부분이었다. 집값을 잡겠다던 정부의 정책은 틀렸다고, 관료들은 자기들만 좋은 집에 살고 싶어 한다고, 말로만 집값을 내린다고 하지 내심은 올리고 싶은 거라는 성토였다. 한편으론 어떤 동네는 파출부촌이라고, 민도가 거지 같다고, 조선족이 사는 동네는 가지 말라고, 서로 타 지역을 못 살 곳이라 조롱했다. 재희는 원색적인 혐오에 얼굴을 찌푸렸다.

재희는 아직도 실감되지 않았다. 이렇게 비싼 집에 노후자금을 걱정하지 않을 여유가 생겼다는 것이. 팔 년 전, 아이 대학 등록금을 대비해 들어둔 적금까지 털어 돈을 끌어모으고 대출을 받아 낡은 아파트를 샀다. 그래도 돈이 부족해 그 집을 전세 주고, 정작 재희네는 그보다 못한 곳에 월세를 살았다. 집값이 오르거나 떨어진다는 가정은 하지 않았다. 늙어서 살 내 집 하나는 있으면 좋겠다는 소망이었다. 어쩌다 근처를 지날 때 저게 우리 집이지 하는 안정감만으로도 만족하는 나날이었다. 그런데 집값이 오르기 시작했다. 그즈음 재희는 일을 그만두었다. 일과 육아를 병행하기 버거웠고, 그로 인한 잦은 다툼으로 남편과의 사이가 망가졌다. 얼마 되지 않는 활동비를 받으며 신념만으로 버티는 생활이 한계에 다다른 때였다.

때맞춰 주식 가격이 튀어 올랐다. 남편 회사에서 스톡옵션으로 받아 십 년 넘게 방치했던 주식이었다. 회사는 상장했고, 재희네는 누구나 예상할 법한 루트대로 주식을 매도하고, 가격이 두 배로 오른 집을 팔고 한강 남쪽으로 이사했다. 평생 살아볼 리 없다 여기던, 세상에 부자 참 많네 하고 생각하게 만들던 아파트였다.

이사하기 전 거금을 들여 인테리어를 했다. 화이트 벽지에 그레이색 가구를 배치한 디자인은 호텔 같았고, 통창 밖 펼쳐진 야경은 웬만큼 전망 좋은 카페보다 압도적이었다. 재희와 남편은 환호하고 축하했다. 우리가 이런 집에 살게 되다니, 인생에 이런 일도 있다니. 재희는 활동가 마누라랑 사느라 그동안 고생했다며 남편을 추켜세웠고, 남편은 매주 사던 로또를 끊겠다고 큰소리쳤다.

그러고도 재희네 아파트는 다른 곳보다 더, 계속, 가격이 올랐다. 흥분이 가라앉고 일상으로 돌아간 남편은 상황을 자연스럽게 받아들였다. 하지만 재희는 적응하기 어려웠다. 몇 년 동안 벌어진 일을 순서대로 짚으면 인과관계야 있었지만 아파트 가격이, 통장에 찍혀 있는 숫자가 비현실적이었다. 기쁜 건 분명한데 어딘가 낯설고 불안했다. 아무 이유 없이 다가온 행운을 그냥 받아들여도 될지. 노력의 결과라고 하기엔 너무 많이 가지게 된 돈의 진실이 따로 있는 것은 아닌지. 고속도로에서 뒤집힌 차를 지나쳐 가며, 내가 아니라서 다행이라는 안도감과 그 안도감을 자각하는 순간 잇따라 밀려오는 죄책감처럼 가슴뼈 아래 단단한 덩어리가 박힌 느낌이었다.

핸드폰을 보는 사이 한 시간이 훌쩍 지났다. 재희는 후회했다. 재산이 얼마나 오르고 내리는지 확인하느라 시간을 쓰고 있는 자신이 한심했다. 처음에는 단순한 궁금증이었다. 이런 세상도 있구나, 사람들은 부동산과 주식에 관심이 많구나, 우리에게 이만큼 돈이 있구나 하는. 하지만 하향 곡선을 그리는 주가 그래프에 조바심이 나고, 아파트 가격이 상승할 거라는 기사에 안심하는 자신을 보면 이제는 호기심인지 욕망인지 헷갈렸다.

학교에서 돌아온 지현이 현관문을 열자마자 엄마 배고파, 소리쳤다. 책가방을 벗어 거실에 던지고 자기 방으로 들어갔다. 재희는 김치볶음밥? 하고 아이 방을 향해 큰 소리로 물었다. 아이가 손에 게임기를 들고 와 식탁 의자에 앉았다. 또? 하며 시큰둥한 표정을 짓곤 힘 빠진 목소리로 그래, 했다.

재희는 냉장고에서 김치통과 햄을 꺼내 식탁 위에 올렸다. 게임기에서 음악 소리가 났다. 너무 평범해서 익숙하게 느껴지는, 하지만 모르는 멜로디였다. 아이를 지그시 바라보다 재희가 물었다.

"이사하니까 좋아?"

"응, 동네도 학교도 다 마음에 들어. 우리 집도, 봐봐, 정말 좋잖아."

"그렇구나."

"엄마는 안 좋아?"

"엄마도 좋지."

"엄마, 내가 집 꾸미는 거 얼마나 좋아하는지 보여줄게."

아이가 재희 쪽으로 게임기를 돌렸다. 화면 속에 작달막하고 귀여운 여자아이 캐릭터가 채집용 그물과 낚싯대를 들고 강을 따라 걷고 있었다.

"어떻게 하는 거야?"

"바다에서 물고기 잡고, 숲에서 곤충 채집해서 팔면 포인트를 받아. 그 포인트로 물건을 사서 집을 예쁘게 꾸밀 수 있어. 내 집 예쁘지?"

"응, 그러네."

재희는 화면에서 눈을 떼고 빠르게 김치를 다졌다. 아이는 음악을 따라 흥얼거리며 다시 게임기 버튼을 눌렀다.

"잡았다. 에이, 가자미잖아."

"가자미는 안 좋은 거야?"

"가자미는 흔한 거야. 희귀한 걸 팔아야 포인트를 많이 벌어."

"그렇구나, 근데 오 학년이 하기엔 수준이 낮은 거 같은데."

"게임에 수준이 어딨어. 재밌으면 된 거지."

재희는 그 말도 맞다, 하고 맞장구쳤다.

저녁을 일찌감치 먹은 아이는 학원으로 갔다. 재희는 서재로 갔다. 인테리어 공사에서 유난히 신경 쓴 공간이었다. 벽면을 책으로 가득 채운 서재는 재희의 로망이었다. 하지만 빼곡했던 책장이 지금은 군데군데 비었다. 기댈 곳 없는 책들이 옆으로 누웠거나 비스듬히 기울어져 있었다. 두 달 전부터 책을 고르고 버렸다. 재활용품 배출일이면 한두 박스씩 내다 놓았다. 어린이 도서를 버렸고, 문학잡지를 버렸고, 생존권 보장 같은 문구가 쓰인 문건을 버렸다. 서재가 정리되고 나면 그동안 쓰던 식기들을 정리할 참이었다.

눈길이 구석에 멈췄다. 다른 책보다 불쑥 키가 크고 영어 제목이 쓰인 책들. 다음에는 저 인류학 전공 서적들을 버리자. 재희는 가장 근래의 행적부터 과거로 거슬러가며 물건을 버리고 있었다. 이게 덜 소중함의 순서인가 생각하다 가까운 기억부터 지운다는 치매 증상을 떠올렸다. 이렇게 하나하나 과거를 향해 가다 보면 젖꼭지를 빨던 기억만 남으려나 싶었다.

세 권의 책은 책상에 따로 빼놓았다. 다시 보지도 않을 거고 갖고 있기 부담스럽지만 버리기 망설여지는 책이었다. 잡지 『머문자리』. 유독 고민한 이유는 인석 때문이었다. 재희는 오 년 전까지 반빈곤운동 사회단체에서 일했었다. 아직도 굶어 죽는 사람이 있느냐는 말을 듣던 시절에 재희는 제 발로 사회단체를 찾아갔었다. 어떤 곳에서 태어났느냐에 따라 인생이 달라지는 세상을 바꾸는 데 보탬이 되고 싶었다. 그 단체에서 인석과 함께 잡지를 만들었다. 재희는 18호부터 28호까지 참여했다. 그건 이미 버렸다. 하지만 지금 망설이는 『머문자리』는 훨씬 오래전 것이었다. A4지에 복사해서 스테이플러로 찍은 1호와 3호, 제본을 해 그나마 책 모양을 갖춘 7호.

인석은 기록 남기는 걸 중요시했다. 재희가 그 사회단체에서 일하기 훨씬 전부터 인석은 한 해의 활동 기록을 담아 잡지를 만들고 있었다. 단체장조차 중요하게 여기지 않는 일을 꾸역꾸역 혼자 해내고 있었다. 재희가 글솜씨가 좀 있는 걸 알게 되자 정리할 문서와 교정볼 글을 자주 건넸다. 재희가 자신의 업무가 아닌 일에 선뜻 참여한 건 인석의 말 때문이었다. "우리 같은 사람들의 역사는 스스로 기록하지 않으면 아무도 기억해주지 않아." 재희는 '우리 같은 사람들'에 속해서 좋았고, '아무도 기억하지 않을 일'을 기록한다는 사명감이 생겼다.

인석의 제안이 재희의 능력 때문만은 아니란 걸 알게 된 건 같이 일한 지 삼 년쯤 되던 날이었다. 인석이 책 세 권을 가져왔다. 『머문자리』 1호와 3호 그리고 7호였다. 고서적 경매사마냥 두 손에 받쳐 들고 걸어오는 모습이 우스워 재희는 웃음을 터뜨렸다. 인석은 웃지 않았다. 다른 건 여유분이 없어 줄 수 없다고 진지하게 말했다. 책이 귀하다는 건지, 재희에게 주는 행위 자체를 귀하게 여기라는 건지 구분이 되지 않는 태도로 조심스러워 했다.

그때 재희는 자신을 믿어주는 것 같아 고마웠다. 오래오래 같이 일하자는 뜻으로, 그러니 잘 간직하라는 뜻으로 받아들였다. 인석이 그렇게 요청한 적은 없지만 재희는 그러리라 다짐했었다.

재희는 7호를 들어 펼쳤다. 목차에 "사진으로 보는 투쟁 기록, 폭염 쪽방지원 사업, 우루과이라운드와 쌀수입 개방 반대 연대투쟁, 회원글"이 있었다. 글쓴이를 명시하지 않은 것은 모두 인석이 썼을 거였다. 마지막 것만 글쓴이가 신철이었다. 재희는 끝까지 넘겨 회원글을 펼쳤다.

어릴 때 외딴곳에 살았습니다. 우리 집은 산 밑 유일한 한 채였습니다. 비가 내리면 툇마루에 앉아 기와 골을 타고 흐른 비가 물줄기가 되어 바닥으로 떨어지는 광경을 보는 걸 좋아했습니다. 물줄기는 여러 개의 작은 개울이 되어 흙마당을 가로질렀습니다. 개울은 마당 굴곡을 따라 제 갈 길을 가기도 하고, 서로 만나고, 또 헤어졌습니다. 그 만남과 헤어짐을 보고 있으면 이상하게 마음이 아렸습니다. 훗날 여유가 생기면 흙마당에 기와 있고 툇마루 있는 집에 살고 싶습니다.

신철과 같이 일한 적은 없었다. 인석의 소개로 몇 번 만났을 뿐이다. 하지만 오래전부터 전설처럼 들은 이름, 집회에서 불렀던 수많은 작자 미상 곡들의 가사를 쓴 사람이었다. 신철을 처음 만나러 가던 날 재희는 떨리고 설레어 손바닥에 땀이 났다. 대학 시절 매일 술잔에 얹어 부르고, 한 구절 한 구절에 가슴 떨고, 갈 곳 모르고 방황할 때 방향을 가르쳐 주던 노래들. 재희는 영웅을 만나러 가는 무술 문하생처럼 긴장했고 사인을 받아야 할까 고민했다. 강단진 사람일 거라는 예상과 다르게 신철은 섬세하다 못해 여린 인상을 풍겼다.

세 사람은 돼지껍데기가 익다가 비틀려 바삭해질 때까지 술을 마시고 떠들었다. 재희는 가끔 거지를 집으로 데려와 씻기고 먹이던 아빠와 거지가 먹었던 숟가락을 쓰지 않으려 숟가락의 특징을 외우던 어린 시절을 얘기했고, 신철은 별똥별을 보고 소원을 비는 건 너무 늦다고, 늘 소원을 품고 다니다 하늘을 보았을 때 우연히 별똥별이 떨어져야 한다고 말했다. 긴 손가락으로 길게 젓가락을 잡고 돼지껍데기를 집으며 별똥별은 순식간이야, 했었다.

마지막으로 신철에 대해 들은 소식은 시골에서 농사를 지으며 어렵게 산다는 거였다. 어디 아프다고 했던가, 그 많은 노래의 저작권료를 받았다면 다르게 살았을까, 재능을 그렇게 쓴 것에, 살아온 삶에 후회는 없을까. 재희는 책을 내려놓았다. 버리느니 인석에게 돌려주자. 종이 가방을 가져와 『머문자리』를 담았다. 겹쳐져 구겨지지 않도록 조심히 세웠다.

핸드폰 주소록을 띄워 인석의 번호를 눌렀다. 전화를 받은 인석은 숨소리가 거칠었다. 걷는 중이라고 했다. 재희는 뛰듯이 걷는 인석의 모습을 떠올렸다. 그래, 인석은 늘 바쁜 사람처럼 걸었지. 얼굴이나 보자는 재희 말에 인석은 대뜸 오늘 저녁 어떠냐고 물었다. 최저생계비 계측에 대응하느라 당분간 좀 바빠질 거라고도 했다. 재희는 발가락을 내려다보았다. 오른발을 들어 걷는 흉내를 내보았다. 인석은 저녁에 재희 집 근처로 오겠다고 했다.

“영등포역 근처에서 보자.”

재희는 이사했다고 말하려다 멈칫했다. 어디로 이사했냐고 물으면 뭐라고 답하지, 하는 생각이 들어서였다. 머뭇거리다 다른 곳은 어떠냐고 되물었다. 인석은 그럼 숙대입구역은 어떠냐고 했다. 영등포역보다 숙대입구역이 그나마 가까웠다. 재희는 그러자고 답했다.

전화를 끊고 발가락을 쓸어보았다. 얼얼하긴 했지만 아프지 않았다. 부기도 조금 가라앉았다. 거실에서 안방까지, 안방에서 거실까지 걸었다. 일부러 건드리지만 않는다면 걸을 만했다. 오늘 꼭 저 책을 전해주자, 그리고 이사했다고 말하자고 생각했다. 남편에게 전화를 걸어 약속이 생긴 사정을 얘기했다. 김치볶음밥이 담긴 냄비를 일러두고, 현관 앞 재활용 박스를 내어줄 걸 부탁했다.

약속 시간까지 외출 준비를 하려면 시간이 빠듯했다. 급하게 집 안 정리를 했다. 설거지를 하느라 손에 거품이 가득인데 현관벨이 울렸다. 택배겠다 싶어 설거지를 계속했다. 몇십 초 간격을 두고 다시 벨이 울렸다. 그제야 벽에 달린 홈시스템을 보았다. 웬 여자가 서 있었다. 재희는 물기를 바지에 대충 문지르고 현관으로 갔다.

문을 열자마자 달콤하면서도 시원한 향이 흘러 들어왔다. 잘 다려 구김 없는 셔츠 같은, 경계심을 순간 신뢰로 바꿔버리는 냄새. 여자가 안녕하세요, 하며 미소 지었다. 달라붙는 검은색 니트 티셔츠에 베이지색 플레어스커트 차림이었다.

부드러운 말투와 정중한 태도는 우아했고 옅은 미소가 적당한 거리감을 느끼게 했다. 재희는 트레이닝 바지에 헐렁한 티셔츠를 입은 제 모습을 잠깐 의식했다. 여자가 두 손으로 파일을 내밀며 말했다.

"이상한 사람 아니에요. 두 층 아래 2601호에 살아요."

"네."

재희는 파일이 아닌 여자의 티셔츠에 눈이 갔다. 왼편 가슴에 작게 샤넬 로고가 있었다. 아는 명품 브랜드가 얼마 없지만, 샤넬 마크 정도는 알고 있었다. 하지만 가방 브랜드인 줄만 알았지, 티셔츠가 있는지는 몰랐다. 며칠 전 엘리베이터에서도 비슷한 경험을 했다. 먼저 타고 있던 여성은 검정색 에코백을 걸치고 있었고, 비닐에 쌓인 대파 잎사귀가 어깨끈 사이로 길게 올라와 있었다. 에코백은 편하고 튼튼해 재희도 즐겨 착용했다. 가방이 예쁘네 생각하며 어깨끈에 쓰인 영문 철자를 눈으로 따라갔다. 발, 렌, 시, 아, 가. 발렌시아가? 아, 하는 모양으로 입이 벌어졌었다.

재희는 여자의 말을 건성으로 들었다. 평범해 보이는 스니커즈에 그려진 붉은 줄마저 남달리 보였다.

"이거 읽어보시고, 서명 좀 부탁드릴게요."

재희는 파일 앞 장을 읽었다. 경비원 채용 및 관리를 하청에 맡기고, 커뮤니티센터 카페와 수영장 관리 인력을 정직원이 아닌 아르바이트로 채용하면 관리비가 절감될 거라는 내용이었다. 그런데도 현 입주자대표회의는 입주민의 이익을 방치하고 있다고 했다. 계약 관련 비리가 있을 거라는 추측이 덧붙어 있었다. 재희가 갑작스러운 상황에 머뭇거리자 여자가 말했다.

"이사 온 지 얼마 안 되셨죠? 인테리어 공사를 오래 하시더라구요."

"많이 시끄러우셨죠? 죄송해요."

"괜찮아요. 참을 만했어요."

여자가 미소 지으며 눈을 찡긋했다. 친밀감이 느껴지는 태도였다. 재희는 머릿속에 떠오른 의문을 최대한 완곡하게 표현하자고 마음먹었다.

"하청이나 알바가 괜찮나요? 제가 잘 몰라서요."

사실 재희는 잘 모르지 않았다. 경비원 인력 감축과, 정직원을 비정규직으로 바꾸는 문제와, 아르바이트의 노동 처우에 대해 누구보다 잘 알았다. 하지만 이사 온 뒤 처음으로 대화를 나눈 이웃에게 자본주의의 사회문제와 빈부격차나 평등에 대해 말할 수는 없었다. 여자가 대답했다.

"맞아요, 직원들 처우가 나빠질까 걱정이 되긴 해요. 그렇게 되지 않도록 우리 입주민들이 잘 감시해야죠. 입주민 권리도 직원 처우도 둘 다 중요하니까요."

여자는 재희의 생각을 이미 알고 있던 사람처럼 받아넘겼다. 달콤 시원한 향기가 흘렀다. 이물감을 느낀 건 오히려 재희 쪽이었다. 부에 대한 편견이 있었을지 모른다는 생각이 스쳤다. 돌려 한다고 한 말마저 괜히 꺼냈다는 후회가 일었다. 뜬금없이 여자가 쓰는 향수가 궁금해졌다.

뭐라 답할지 망설이다 난감한 표정을 지었고, 고민하는 척했고, 순진한 말투를 섞었다.

"어떻게 해야 하나, 생각 좀 해봐도 괜찮을까요?"

"그럼요, 물론 괜찮죠."

여자가 선뜻 대답하곤 몸을 돌렸다. 고개가 현관 밖 상자를 향했고 시선이 머물렀다. 재활용품이 담긴 박스였다. 재희의 눈에도 차별에 저항하라, 라고 쓰인 글자가 들어왔다. 창피도 자랑스러움도 민망도 당당함도 아닌 감정이 혼란스럽게 지나갔다. 여자가 다시 재희 쪽으로 몸을 돌렸다.

"쓰레기를 현관 밖에 두면 관리소에 민원 넣는 사람들이 있더라구요."

여자가 재희를 바라보았고, 재희는 입꼬리를 끌어 올렸다.

택시에서 내리고 보니 술집은 지하철역 바로 앞이었다. 재희는 조금 늦었고, 인석은 벌써 자리 잡고 앉아 있었다. 재희가 먼저 야채튀김과 생맥주를 시켰다. 인석은 새우크로

켓과 소주를 주문했다. 인석이 여기 안주 맛있어, 하고 말했고 재희는 둘 다 튀김이네, 하고 생각했다. 인석은 센스가 없었다. '앞으로 돌진'이라는 말이 어울리는, 거칠 것도 뒤돌아볼 것도 복잡하게 생각할 것도 없이 나아가는 스타일이었다. 보이는 대로 말한 대로가 전부인, 앞도 뒤도 감춰진 것 없이 단순한 사람이었다. 인석이 물었다.

"요새 힘든 거 있어?"

"아니요. 전혀 없어요."

재희의 대꾸에 인석이 멈칫했다. 인석은 성격대로 질문 또한 막무가내였고 재희는 인석의 그런 태도가 늘 부담스러웠다. 대화가 이어지지 않도록 뚝 끊어 대답하여 순간의 곤혹을 밀쳐내는 게 그나마 터득한 대응법이었다. 같이 일하던 과거에도 인석은 "재희 씨 삶의 목표는 뭐야? 요즘 무슨 고민해? 뭔가에 목숨 걸어본 적 있어?" 묻곤 했다. 신이 있다 해도 대답 못 할 거대하고 근본적인 질문을 시동 거는 시간도 없이, 술도 안 취한 채 던지곤 했다. 영화나 책을 보고 나서도 비슷했다. 복잡한 정황이라든가 숨겨진 함의는 없다는 태도로 그거 모더니즘 영화잖아, 하는 식이었다. 딱히 틀린 말은 아니지만, 한마디로 단정해버려 거북함을 주는 어법이었다.

똑같은 당혹감을 느끼게 하고 싶어 인석에게 작정하고 물은 적이 있었다. 선배는 요즘 무슨 고민해요? 그는 아들이 학교에 적응하지 못하는 문제와 나이 들어 단체 실무자로 남아 있는 게 힘들다는 것과 며칠 뒤 행정대집행이 들어올 지역을 어떻게 지킬지 걱정이라는 얘기를 했다. 질문을 기다린 사람 같았다. 오히려 불편한 건 재희였다. 그런 걸 물어보고 듣는 일이 꽤 정신력이 소모되는 행위란 걸 깨달았다.

인석이 잔에 소주를 따랐다. 고개 숙인 정수리가 많이 비었다. 어쩐지 어깨가 좁아 보였다. 키가 저렇게 작았었나. 인석과 눈이 마주쳤다. 인석이 하하 웃었다. 익숙한 표정, 명쾌한 소리, 좋은 사람만이 보일 수 있는 사람 좋은 웃음.

어느 해 여름 인석은 몇 달째 수배 상태로 숨어 지냈다. 집회에서 경찰과 몸싸움이 있었고, 특수공무집행방해죄로 수배되었다. 경찰이 수시로 사무실을 감시하는데도 무슨 특출한 기술이 있는지 가끔 사무실에 왔다. 가져갈 책이 있다는 둥, 문서 작업할 게 있다는 둥 이유는 다양했다. 그날도 인석은 한 시간 정도 컴퓨터 앞에 있다 재희가 창문 밖을 살피는 사이 급하게 사라졌다. 재희가 따라 뛰어나갔다.

십여 초 차이였는데 인석이 보이지 않았다. 갈라진 골목마다 경찰이 있는지 확인하며 대로까지 나갔다. 동서남북 어디서도 훤히 보이는 사거리에 인석이 있었다. 폐지를 가득 실은 리어카를 할머니가 앞에서 끌고 인석이 뒤에서 밀었다. 재희는 인석에게 다가가 으이그 하는 입 모양을 지었다. 오르막이라, 하고 인석이 말했다. 재희는 고개를 휙 저어 얼른 가라는 시늉을 했다. 인석이 이마에 흐른 땀을 닦으며 웃었다. 재희는 웃을 상황이냐고 면박을 주었다. 인석이 골목으로 뛰어가는 동안 오르막이 끝날 때까지 재희가 대신 리어카를 밀었다.

인석이 소주잔을 내밀어 탁자에 놓인 맥주잔에 부딪쳤다. 재희는 다시 생각했다. 단순한 사람이지. 그리고 좋은 사람이지. 인석은 존경받아야 하는 사람이었다. 인생 대부분을 현장에서 가난한 사람들과 보냈다. 같이 일했던 사람이 정치권에 들어가 신문에 이름이 나올 때에도, 수많은 동료들이 단체를 거쳐 각자 삶을 찾아갈 때에도 현장을 지켰다. 재희는 방금 전 딱 잘라 대화를 끊은 게 미안해졌다.

재희는 언제부턴가 인석을 함부로 대하고 있다는 걸 깨달았다. 예전에는 그러지 않았다. 끝까지 적응되지 않던 단정적 말투에도 존경을 놓은 적이 없었다. 재희 씨는 이렇게 처리할 거잖아, 하면 재희는 원래 그럴 계획이었던 사람처럼 행동했다. 옆자리에 앉은 그가 재희의 흘러내린 옆머리가 답답하다고 했을 때도 화가 나기는커녕 답답하게 만든 자신을 책망할 정도였다. 인석이 변한 건지, 재희 자신이 변한 건지, 둘 다 변한 건지. 재희는 길게 맥주를 들이켰다.

"선배는 좀 달라진 거 같아요."

인석이 손바닥으로 머리를 쓸어 넘겼다.

"머리가 많이 빠졌지."

"차분해지신 거 같아요. 말도 많고, 막 명령하고, 손으로 키보드 치면서도 입으로는 나한테 일 시키더니."

"그랬었나? 나이가 들어 그런가, 요즘은 좀 지치기도 하고. 그런데 뭐 얼마나 달라졌겠어. 나 변했으면 다시 오려고?"

인석이 말끝에 웃음기를 실었다. 재희가 단체 일을 그만두고 얼마 동안 인석은 바쁠 때마다 전화를 걸어왔다. 다시 같이 일하자고, 아직 준비가 안 됐냐고 물었다. 그때마다 재희는 좀 더 생각해보겠다고, 영원히 떠난 건 아니라고 답했다. 그건 진심이었다. 정말 돌아갈 생각이었다. 부부 사이가 회복되면, 아이가 제 앞가림을 하면, 경제적 부담이 좀 덜어지면. 이제 인석은 더 이상 같이 일하자고 하지 않았다. 다시 오라는 말이 농담일 테지만, 마음 한쪽이 무거웠다.

돌아갈 수 없는 곳까지 와버렸다고, 여기까지 오고 나니 돌아가고 싶지 않아졌지만, 원한 건 아니라고 변명하고 싶었다. 돌아가려면 가진 걸 놓아야 할 거 같아서, 둘 다 가지고 사는 건 이율배반 같아 돌아가지 않을 정도의 양심은 있다고 말하고 싶었다. 하지만 재희는 이사했다는 말조차 꺼내지 못하고 있었다.

그다지 관심은 없지만 그렇구나 정도의 맞장구를 놓는 대화가 오갔다. 그땐 그랬지, 얘기하며 간간이 웃음도 터뜨렸다. 재희가 같이 활동했던 이들의 근황을 물었다. 승균은 비정규직 노조에서 조직부장으로 활동하고 있다는, 치수는 중국으로 돈 벌러 갔다는, 억실이 지부장은 환갑을 치렀다는, 은숙은 직장을 다니며 저녁에 노숙인 야학에서 선생을 한다는, 정당에 들어간 한기는 지난 선거에서 아깝게 떨어졌다는 답이 돌아왔다. 대답이 길어질수록 재희는 심드렁해졌다. 근황을 물은 건 자신이었지만, 정작 길고 긴 대답을 듣다보니 궁금하지 않다는 사실을 깨달았다. 그들을 다시 만나게 될 것 같지 않았다. 시간이 더 지나 어쩌면 그들을 잊을 수도 있었다. 재희는 잔에 남은 맥주를 끝까지 마셨다.

"신철이 형, 기억하지? 팬이라고 얼굴 빨개졌었잖아."

"무슨 얼굴이 빨개져요. 그렇잖아도."

"아, 잠깐만."

인석이 주머니를 뒤적여 담배를 꺼냈다. 인석이 밖으로 나가고 재희는 바닥에 있던 종이 가방을 집었다. 책은 넣은 그대로 들어 있었다. 재희는 한숨을 쉬었고 가방을 무릎에 올렸다. 인석이 들어와 테이블 앞까지 왔을 때 재희가 인석을 향해 몸을 틀었다. 나름 결연한 의지가 필요해 한 행동이었다. 하지만 곧 악 소리와 함께 몸을 접었다. 인석에게 발가락을 밟힌 거였다. 인석이 놀라 왜, 왜, 무슨 일이야, 하고 소리쳤고 재희는 저도 모르게 저리 가요, 하고 짜증을 내며 손을 휘저었다. 엄지발가락에 통증이 오래 머물다 서서히 가라앉았다. 재희가 몸을 세웠다. 어쩔 줄 몰라 하며 서 있는 인석에게서 옅은 담배 냄새가 묻어났다.

어색하면서도 밍밍한 시간이 흘렀다. 재희는 이제 그만 일어나야겠다고 생각했다.

"『머문자리』 아직도 발간하죠?"

"하고는 있지, 도와줄 사람 없어 혼자 죽을 맛이야."

"혼자도 잘하시잖아요."

"내가 맞춤법이 엉망이잖아. 그건 아무리 해도 나아지질 않네. 그거 봐줄 사람만 있어도 좋을 텐데."

인석이 울상을 지었다. 갑자기 재희를 똑바로 마주 보며 도전적인 목소리로 말했다.

"재희 씨가 봐줄래?"

재희는 인석이 매번 '잊은'과 '잃은'을 잘못 쓰던 걸 기억해냈다. 생각해볼게요, 같은 어설픈 답변은 하고 싶지 않았다.

"내용도 모르면서 무슨 교정이에요. 시간도 없고."

"시간이 없으면 어쩔 수 없지만, 그래도 재희 씨가 모르면 누가 알아. 보낸 시간이 얼만데. 난 재희 씨가 그렇게 오래 있을 줄 몰랐어. 다른 사람들처럼 일이 년 겪고 떠날 줄 알았지."

"왜요?"

"보니 그렇더라고, 이런 데서 일할 사람이 아니다 그런 생각이 들더라고. 그런데 참 오래 있었지."

재희는 고개를 끄덕이고 어묵탕을 뒤적이고 맥주를 마셨다.

재희가 화장실에 다녀온 사이 인석은 벌써 계산대 앞에서 있었다. 오만육천 원입니다, 하는 종업원에게 인석이 카드를 건넸다. 재희는 선배 제가 살게요, 하며 지갑을 가지러 자리로 향했다. 생각만큼 빨리 걸을 수 없었다. 발가락에서 시작된 열이 등과 목덜미를 타고 번졌다. 가방을 챙겨 계산대로 왔을 때는 이미 인석이 카드를 돌려받고 있었다.

"활동비가 십만 원 올랐어."

재희는 앉았던 테이블을 돌아보았다. 싸다고 이것저것 시켰던 안주가 반 가까이 남아 있었다.

재희는 택시를 타고 싶었다. 취기가 올랐고, 시간이 늦었고, 무엇보다 걷는 게 편하지 않았다. 하지만 인석은 벌써 지하철역을 향해 걸음을 떼고 있었다. 당연히 재희가 따라오리라 여기고 태연하게 앞장섰다. 택시를 탈까 말까 수십 번 망설이던 시절이 있었다. 재희는 불편한 걸음걸이를 티 내지 않으려 노력하며 걸었다. 인석이 재희 씨는 어디로 가더라 하고 물었고, 재희는 선배랑 반대 방향이요 하고 대답했다. 둘은 지하철역 계단을 내려갔다.

"재희 씨가 반빈곤운동 오래하겠다고 생각을 바꾼 게 언젠 줄 알아?"

"언젠데요?"

"전날 밤늦게까지 피켓 만들고 오후 출근하던 날이었어. 지하철을 탔는데 사람이 꽤 많은데도 빈자리가 있데. 앉으려다 바로 이유를 알았지. 노숙인이 있고 그 주위에 사람이 없었어. 재희 씨도 알지? 그 냄새? 땀에 절은 옷을 오래 둬 썩은 듯한, 참 뭐라 설명하기도 그렇지만. 그 노숙인 때문에 반원으로 빈 공간이 생겼더라고. 나도 좀 비켜섰는데, 노숙인 곁에 한 명이 앉아 있더라. 재희 씨였어. 눈썹이 팔자라 순하게만 봤었는데, 그날 버티고 있는 눈이 매섭더라고. 이 사람의 존엄은 내가 지킨다 뭐 그런 의지? 그때 저 사람 오래가겠다 했지. 기억나?"

인석이 웃었다. 재희는 종이 가방을 손에 꼭 쥐고 따라 웃었다. 인석이 당고개행 개찰구에 카드를 얹고 고개도 돌리지 않은 채 팔을 번쩍 들었다. 재희는 인석의 숱 없는 뒤통수와 흔드는 팔을 바라보다 사당행 개찰구로 몸을 틀었다. 어깨동무를 하고 비틀거리는 청년 둘이 삼 차 삼 차, 하고 구호처럼 외치며 지나갔다.

지현이 재희를 깨웠다. 엄마를 몇 번 불러도 일어나지 않자 방을 나갔다. 재희는 간신히 눈을 떴다. 숙취로 머리가 지끈거렸다. 거실로 나오니 아이와 남편이 텔레비전을 보고 있었다. 남편이 많이 마셨나 봐, 정신 못 차리더라, 하고 말했다. 재희는 어젯밤을 더듬어보았다. 분명 멀쩡히 지하철을 탔는데 중간중간 기억이 나지 않았다.

"많이 안 마셨는데, 나이 들었나 봐."

"알면 이제 그만 먹어. 돈은 써보고 죽어야지."

재희는 피식 웃고, 그래야지 하고 대답했다.

물을 들이켜는데 남편이 문자 온 거 같더라, 하고 덧붙였다. 인석이 보낸 문자가 있었다. 잘 들어갔어? 말해야 하나 싶지만 그래도. 신철이 형 췌장암이라네. 아프지 말고 살자. 재희는 문자를 오래 응시했다.

늦은 아침을 차렸다. 머리가 무거웠다. 아침을 먹은 아이는 게임을 했고, 남편은 최근 시작한 골프를 연습한다며 나갔다. 재희는 노트북을 켰다. 인석의 페이스북과 은숙의 페이스북을 뒤졌다. 그들의 페이스북에서 다른 사람의 페이스북으로 타고 들어갔다. 몇 사람 거쳐 농민회 회원의 페이스북에서 신철의 소식을 찾아냈다. 치료 비용을 위한 모금행

사를 한다는 내용이었다. 농산물과 전통차를 파는 일일 카페는 날짜가 지나 있었다. 아래에는 신철 명의의 후원 계좌가 쓰여 있었다.

재희는 턱을 괴고 한동안 창문 밖을 보았다. 쭉 뻗은 산책로 양쪽으로 벚꽃이 흐드러졌다. 나풀거리는 원피스와 하얀 반바지를 입은 두 사람이 팔짱을 끼고 걸어갔다. 운동복 차림의 사람이 둘을 앞질러 뛰어갔다. 작은 아이가 킥보드를 한 발로 구르며 뒤따르고 벤치에 앉은 엄마가 아이를 향해 손짓했다. 이십팔 층 아래 얼굴이 보이지도 목소리가 들리지도 않지만 편안한 분위기와 환한 표정이 그려졌다. 재희도 저 시공간에 들어가 만끽하고 싶었다. 죄를 지은 것도 아닌데 죄책감에 사로잡힌 상태에서 벗어나고 싶었다.

시선을 더 멀리 두었다. 빛을 반사한 한강 물결이 반짝였다. 물결 조각이 바늘이 되어 가슴으로 날아들었다. 재희는 통증을 느끼고 미간을 찌푸렸다. 썩은 이를 치료할 때마다 두려움을 견디는 대가로 받아냈던 소꿉놀이 세트를 중학생이 되었다는 이유로 버려야 했던 날, 머리로는 납득하면서도 마음에서 버려지지 않아 작은 바가지며 접시를 매만질 때 손끝에서 느꼈던 쓰라림과 비슷했다.

주방으로 가 냉동실을 열어 검은 비닐봉지를 전부 꺼냈다. 이사를 하던 날, 재희와 남편은 꽃등심을 구워 와인을 마시며 변한 건 없다고 살던 대로 살면 된다고 말했었다. 재희는 검은 비닐봉지를 하나씩 벌렸다. 데친 배추, 채 썬 당근 뭉치, 소고기. 신철에게 연락해야 하나. 재희가 옳은 삶이라 믿었던 방식대로라면 연락해야 했다. 사회를 위해 자신의 재능을 전부 희생한 사람에게 통장에 찍혀 있는 돈에서 수술비 정도는 보내주어야 했다. 그렇게 못 한다면 알량하게 말로만 위로하는 것이 얼마나 가증스러운지라도 깨달아야 했다. 하지만 연락하고 싶지 않았다. 돈을 그렇게 많이 주는 건 아깝다는, 주위에 힘든 사람 한둘이 아닌데 그때마다 돈을 나누어 줄 수 없다는, 모른 척하는 게 속 편할 거라는 것이 솔직한 심정이었다.

지난 아침에 보았던 것과 크기가 비슷한 검은 봉지를 벌렸다. 닭이었다. 재희는 비닐도 벗기지 않은 채 쓰레기봉투에 넣었다. 아까워 쌓아둔 음식 재료도 모두 버렸다. 왜 이렇게 되었는지 이유를 알 수 있을 것 같지 않았다. 하지만 이 생활을 놓지 않을 거란 거, 예전으로 돌아가지 못할 거란 건 명확했다. 쓰레기봉투를 내다 버리고 핸드폰에 은행 앱을 띄우고 잔액으로 쓰인 긴 숫자를 바라보았다. 이체 계좌에 신철의 계좌번호를 써넣었다. 금액란에 이백만 원을 썼다 지웠다. 백만 원을 쓰고 오래 바라보다 지웠다. 오십만 원을 쓰고 이체 버튼을 클릭했다.

아이가 소파에 누워 있는 재희에게 다가왔다. 게임기에서 눈도 떼지 않은 채 말했다. 엄마 또 자? 나 딸기 줘. 재희가 냉장고에서 딸기를 꺼냈다. 등 뒤에서 아이가 말했다.

"엄마, 나 가자미 팔았어."

"그랬구나."

"엄마 그거 알아? 가자미를 팔면 이상하게 후회돼."

"응, 그렇구나. 가자미를 팔면 후회되는구나."

재희는 건성으로 아이 말을 따라 되뇌며 딸기를 식탁에 올려놓았다. 아이가 빨간 딸기를 집어 입에 넣었다. 재희는 아이의 포크질을 멍하니 바라보았다. 아이가 딸기 하나를 포크에 꽂아 내밀었다.

"엄마도 먹을래?"

재희는 아니, 하고 고개를 저었다. 아이가 딸기를 제 입에 넣고 우물거리다 입을 삐죽했다.

"엄마가 싫다니까 덜 맛있어졌어."

"응?"

"미안해하면서 먹을 때가 더 맛있는데, 엄마가 거절하니까 덜 맛있잖아."

재희는 무슨 소리야, 대답하곤 딸기를 하나 집어 먹었다. 쓴맛이 났다. 재희는 술을 너무 많이 마신 탓이라 생각하며 딸기 하나를 더 집어 입에 넣었다.

# 포클레인

포클레인이 갖고 싶어. 크고 깊은 구덩이를 파는 진짜 포클레인 말이야. 시원은 거기까지 문자를 쓰고 손을 멈췄다. 핸드폰 화면에 쓰인 글을 처음부터 다시 읽었다. 이 순간 왜 포클레인을 떠올렸는지. 글자 뒤에서 깜박이는 커서를 한동안 바라보았다. 점멸하는 푸른빛이 가슴을 두들기는 것 같았다. 검지를 보내기 버튼 위에 올렸다. 몇 번 손가락을 까닥이다 버튼을 터치했다.

테이블에 놓인 세혁의 핸드폰이 진동했다. 어제저녁 내내 피곤하다고 투덜댔던 그는 이불을 턱까지 끌어 덮고 잠들어 있었다. 그가 큰 의도 없이 중얼거리는 피곤해, 하는 말이나 뜬금없이 불쑥 뱉는 한숨에 시원은 신경이 쓰였다. 세혁은 좀처럼 속내를 드러내지 않는 사람이었다. 그러다 어느 순간 쌓여 있던 모든 걸 한꺼번에 쏟아내곤 했다. 그럴 때면 시원은 놀란 눈으로 멍청하게 바라보는 것 말고 할 수 있는 일이 없었다. 같은 일이 반복되며 그의 얕은 한숨이나 작은 찡

그림에도 신경이 곤두섰다. 주인의 안색을 살피는 동물처럼 그의 표정을 살폈다.

권하지 않은 여행이었는데 굳이 따라나선 건 그였다. 시원이 회사에 휴가를 내고 화산을 보러 일본에 가겠다고 처음 말을 꺼냈을 때부터, 세혁은 조금도 의심 없이 동반 여행이라고 확신했다. 회사에 밀린 일이 많다고 투덜대면서도 비행기 표 두 장을 직접 예매했다. 시원은 혼자 가고 싶다는 말을 하지 않았다.

세혁이 신음 소리를 내며 돌아누웠다. 시원은 근육 없이 가늘면서 빈틈없이 단단해 보이는 그의 다리와 그 아래 눌려 구겨진 이불을 보았다. 마른 몸 어디에 그런 무게가 들어 있는지, 어젯밤 짓누르는 세혁의 다리에서 빠져나오려 여러 번 몸을 뒤척였다. 욕망이든 좌절이든 그 무엇이든, 발산되지 못한 존재가 차곡히 쌓여 저 다리에 석화되어 있는지도. 침대로 다가가 이불을 당겨 그의 몸을 덮었다. 걸음마다 카펫 위로 물이 방울져 떨어졌다.

시원은 수건을 가져와 목 뒤부터 머리카락 끝까지 쓸어내리며 물기를 닦았다. 종아리까지 길게 늘어진 검은 머리카락이 몸을 덮었다. 머리카락을 두 손으로 모아 쥐고 여러 번 접어 올려 샤워 타월로 감쌌다. 잠시 멍하니 있다 창문 쪽으로 걸어갔다.

커튼 자락을 잡아 젖혔다. 강한 햇빛이 호텔 방 안으로 쏟아졌다. 바삐게 걸어가는 양복 무리 사이, 노랗고 둥근 안전모를 쓴 미화원이 보였다. 어깨에 두른 형광 띠가 번쩍였다. 사내는 빗자루로 쓰레기 없는 거리를 쓸었다. 시원은 사내의 손놀림대로 이리저리 움직이는 기다란 빗자루를 눈으로 좇았다. 갑자기 사내가 몸을 돌려 고개를 들었다. 거리가 꽤 먼데도 시원은 눈이 마주쳤다고 느꼈다. 환한 밖에서 어두운 이쪽 실내가 보일 리 없지만, 사내가 자신을 바라본다고 여겼다. 고개를 돌려 힐끗 침대를 확인하곤 다시 창을 향해 섰다. 벌거벗은 그대로 사내의 시선을 피하지 않았다. 잠시 뒤 사내가 고개를 내리고 다시 비질을 시작했다. 시원도 창에서 물러났다.

화장대 앞에 앉아 거울을 보았다. 타월로 감아올린 커다란 머리카락 뭉치가 새삼 우스꽝스러웠다. 언젠가 쿠이는 이런 모습을 보고 중세 유럽 여성 같다며 웃었었다. 시원이 입을 비죽이자 인터넷에서 이미지를 검색해 보여주었다. 허리를 졸라매고 넓게 퍼진 드레스를 입은 여성이 정수리 위로 머리카락을 탑처럼 쌓아 올리고, 거기에 꽃을 잔뜩 꽂은 그림이었다. 심지어 과일을 꽂은 그림도 있었다. 아름다움을 향한 열정이라면 이 정도 스케일은 돼야지, 꼭 모래시계

같잖아. 쿠이는 그렇게 말하곤 웃음을 터뜨렸다. 아름답자고 기르는 거 아니거든, 하고 시원이 쏘아붙였다. 쿠이가 알아요, 알아, 기른 게 아니라 자르지 않았을 뿐이지, 의지가 아니라는 거, 하며 진정하라는 손짓을 했다. 그러곤 그림과 시원을 번갈아 보며 덧붙였다. 이건 가발인데, 당신 건 진짜잖아, 나는 그게 좋아, 짧게 자르면 어떨지 궁금하긴 하지만. 시원이 괜히 눈을 흘겼다.

거울을 볼 때마다 쿠이의 말을 떠올릴 것 같은 예감이 들었다. 머리카락을 감고 있는 타월을 풀었다. 머리카락이 흘러내려 바닥에 닿았다. 머리를 기르기 시작한 건 시원의 뜻은 아니었다. 딸을 둔 아버지의 로망이었을까. 시원의 아버지는 딸의 긴 머리카락을 좋아했다. 시원의 기억이 닿는 어린 시절, 이미 머리끝은 허리에서 흔들렸다. 엄마가 외출한 날이면 아버지는 투박한 손으로 딸의 머리를 땋아주었다. 성인이 되어서도 특별히 자르거나 기르겠다는 생각은 하지 않았다. 팔에 난 잔털처럼 그저 신체 일부로 여겼다. 커트를 하고 싶은 욕구가 있었던 사춘기 시절도 어떤 시도 없이 지나갔다. 하지만 긴 머리카락이 사람들의 시선을 끌 때면 옷 속으로 집어넣어 숨기곤 했다.

바닥에 흐트러진 머리카락을 들어 올려 남은 물기를 꼼꼼히 닦았다. 가장 성긴 빗을 골라 끝부터 빗기 시작했다. 젖은 머리카락은 서로 뒤엉켜 도저히 빗질을 할 수 없었다. 이대로라면 한 시간이 걸려도 어림없었다. 어젯밤 미리 감아야 했다는 후회가 일었다. 어쩔 수 없이 헤어드라이어를 집어 들었다. 조용한 방에 모터 소리가 울렸다. 바람에 펄럭이는 검은 보자기처럼 머리카락이 사방으로 날렸다. 거울에 비친 머리카락 사이로 언뜻언뜻 침대가 보였다. 세혁이 얼굴을 찡그리며 몸을 일으켰다.

시원은 거울에서 눈을 피했다. 세혁의 시선을 느끼고도 모른 척 머리를 말리는 데에 집중했다. 어느 정도 말랐을 때 다시 빗기 시작했다. 뜨거운 바람에 헝클어져 빗기 어렵기는 마찬가지였지만 인내심을 가지고 빗질을 했다. 마침내 끝까지 매끄럽게 내려가는 것을 확인한 뒤 양손을 뒤로 돌려 머리카락을 모아 쥐었다. 양을 가늠하고 머리카락 사이로 손가락을 집어넣었다. 세 갈래로 나누어 한 갈래는 왼쪽 가슴 위로, 다른 갈래는 오른쪽 가슴 위로 늘어뜨렸다. 그리고 땋기 시작했다. 왼쪽, 오른쪽, 다시 왼쪽, 오른쪽. 갈래 진 머리카락이 오고 갈 때마다 풀어 헤쳐진 아랫부분이 허벅지를 간질였다. 팔을 뻗어 닿는 곳까지 땋고 나서 무릎을 의자 위에 세워 접고 사이에 머리카락을 끼웠다. 씨줄이 날줄을 고정하듯 무릎으로 머리카락을 고정하며 끝까지 땋았다.

마지막으로 머리카락 끝을 고무줄로 묶었다. 그때 어깨

위로 손이 올라왔다. 시원이 놀라 거울을 보았다. 세혁이 뒤에 서 있었다. 그가 몸을 숙여 시원의 정수리에 코를 묻었다. 동시에 그의 손이 머리카락을 따라 내려왔다. 땋인 마디에 손가락을 집어넣어 시원의 가슴을 건드리며 말했다. 이 머리가 좋아, 길게 땋은 당신 머리에선 수도사의 냄새가 나. 그의 손이 가슴과 배를 지나 배꼽 아래로 내려오고 있었다. 시원은 생각했다. 굳이 매번 수도사라는 단어를 사용하는 이유가 뭘까. 그 낱말을 발음하면 성욕이 일기 때문일까. 시원은 밧줄 같은 머리카락을 꽉 쥐었다.

호텔을 나와 시원과 세혁은 기차역으로 갔다. 오늘 갈 곳은 화산이 흔한 일본에서도 꽤 유명한 활화산이었다. 잡아뜯어 찢은 듯 불규칙하게 뾰족뾰족한 산, 자욱하게 피어오르는 연기, 점도 높은 반죽처럼 쿨럭이는 붉은 마그마. 시원은 그 날것의 감각이 좋았다. 깊은 곳에 숨어 있던 기억이 되살아나는 느낌이었다. 두려움과 경이로움이 다르지 않던 때, 맨몸으로 흙바닥을 뒹굴던 기억. 상상은 매번 설레고 떨려서 몸살이 시작될 때처럼 몸이 저리곤 했다. 그럴 때마다 시원은 꼭 한번 직접 화산을 보리라 다짐했었다.

기차에서 늦은 아침을 먹었다. 도시락은 아기자기하고 알록달록했지만 지나치게 달거나 짰다. 시원은 다양한 빛깔의 음식을 반 넘게 남기고 뚜껑을 닫았다. 세혁은 식사를 마치자마자 의자에 머리를 기대고 눈을 감았다. 기차는 도시를 벗어나 숲을 달렸다. 키가 큰 침엽수가 대멸종 전의 고생대 숲처럼 빽빽했다. 시원이 말했다. 나무가 엄청 크고 많아. 세혁이 대답했다. 오랫동안 안 베어서 그렇겠지. 시원이 그에게로 고개를 돌렸다. 자르지 않는 내 머리처럼? 그의 눈이 움찔했다. 그러나 여전히 몸을 기대고 눈을 감고 있었다.

시원은 다시 창밖을 보았다. 기차는 숲을 지나 지방 소도시를 지나고 있었다. 지진 때문인지 높은 건물은 없고 단층 집이 줄줄이 이어졌다. 벽은 모두 옅은 노란색이나 흰색이었고, 지붕은 암회색 기와여서 모두 쌍둥이처럼 닮아 있었다. 단조롭다 못해 지루한 광경에 지난 저녁때 먹은 가이세키 요리가 떠올랐다. 손대기 미안할 정도로 화려하고 아름다운 요리, 알록달록한 요리를 먹는 조용한 사람들. 저런 집에 산다면 누구라도 그런 요리를 먹고 싶을 거라는 생각이 들었다.

저 동네 페인트공은 미적 감각이 없어도 되겠어. 모든 사람이 같은 색 페인트를 원할 테니까.

그는 대답하지 않았다. 눈을 감고 의자에 머리를 기댄 채 가만히. 숨이 규칙적으로 바뀌었고 몸이 약간 기울어졌다. 시원은 다시 창밖으로 시선을 돌렸다. 그때였다. 그러게요. 익숙한 남자 목소리가 답했다. 쿠이의 목소리였다. 시원은 놀라 본능적으로 세혁의 기색부터 살폈다. 그는 잠들어 있었다. 쿠이가 여기에 있을 리 없었다. 몇 개월째 만나지 않았다. 그만하자고 언어로 확인한 적은 없지만 이미 끝난 관계였다. 시원이 연락을 끊은 뒤, 단 한 번도 연락이 오지 않았다. 시원은 거듭 세혁이 잠든 걸 확인하고 몸을 일으켰다. 목소리가 들려온 듯한 뒤쪽으로 몸을 돌렸다. 기다랗게 딴 머리가 덜렁 흔들렸다. 쿠이가 아니었다. 그 또래의 낯선 남자가 시원을 빤히 쳐다보았다. 장난스럽게 눈까지 찡긋했다. 시원이 당황해 얼굴을 붉히곤 얼른 자리에 앉았다.

앉자마자 세혁을 살폈다. 그가 기울어졌던 몸을 세웠다. 자고 있는지, 깨고도 눈을 감고 있는지 분간할 수 없는 자세였다. 그의 눈과 코를 몇 번 곁눈질했다. 그는 여전히 눈을 뜨지도 움직이지도 않았다. 기차는 숲을 지나 마을을 지나고 또 숲을 지났다. 하지만 더 이상 시원의 눈엔 풍경이 들어오지 않았다. 쿠이에 대한 생각을 멈출 수가 없었다.

쿠이는 자신을 사냥꾼이라 소개했었다. 시원은 지금 시대에 사냥꾼이란 직업이 가능하기나 한지 의문이었다. 혈기 넘치는 청년의 허세거나 이성을 유혹하는 능력을 과시하는 말이라 생각했다. 하지만 그가 내민 명함에는 전문 엽사라고 인쇄되어 있었다. 시원은 빛에 그을린 피부와 쏘아보는 눈매가 사냥꾼과 어울린다고 생각했다. 빠른 몸놀림과 흙 묻은 낡은 자동차와 언제든 떠날 준비가 된 커다란 배낭까지.

시원은 쿠이와 관련된 것들을 하나씩 헤아리다 고개를 세차게 흔들었다. 매 순간이 쿠이에 대한 생각을 불러일으킨다는 사실에 난감했다. 어쩌면 쿠이의 목소리로 느낀 건 착각일 수도. 뒷자리 남자 목소리가 그토록 쿠이를 닮았던가. 따져보면 꼭 그렇지만도 않았다. 그런데 왜. 시원은 쿠이의 목소리를 떠올려보았다. 그러자 딱 한 번만 듣고 싶었다. 다른 이유는 없었다. 여보세요, 하는 말이면 충분했다. 순식간에 전화를 하고 싶다는 욕망에 사로잡혔다. 충동적으로 가방 지퍼를 열었다. 핸드폰을 꺼내 버튼을 눌렀다. 잠금 화면이 떴다. 첫 번째 점 위에 검지를 올린 채 멈추었다. 그대로 화면을 바라보다 손가락을 뗐다. 핸드폰을 손에 꼭 쥐고 창밖을 보았다. 풍경에 집중하려 노력하며 애써 마음을 억눌렀다.

기차는 두 시간을 더 달렸다. 도착역을 안내하는 방송이 나왔다. 시원은 자고 있는 세혁을 깨웠다. 그가 팔을 브이 자 모양으로 펴고 오래도록 뒤틀며 기지개를 켰다. 시원은 유달리 과장되게 느껴지는 행동을 보며 늦잠을 자고도 또 두 시간을 넘게 잔 걸 이해하려 애썼다. 세혁은 자주 피곤해했다. 일을 해도, 걸어도, 심지어 밥을 먹어도 활력이라곤 없었다. 손과 발을 움직이는 행위 뒤에는 언제나 피곤하다는 말이 뒤따랐다. 그럴 때면 신경까지 예민해져 어린애 대하듯 짜증을 받아주어야 했다. 시원은 사지가 퇴화해 머리만 커다랗게 남은 생명체를 상상하다 걸려 있던 외투를 내리고 가방을 챙겼다. 뒷자리 남자가 쳐다보는 게 느껴졌지만 애써 무심한 표정을 유지했다.

시원은 세혁과 나란히 플랫폼을 걸었다. 앞서 걷는 사람들 틈에 뒷자리 남자가 보였다. 남자는 사람들을 앞질러 혼자 빠르게 나아갔다. 걸음걸이가 경쾌했다. 역에 내린 사람들 대개가 화산을 찾아가는 관광객이었다. 그렇다면 남자도 화산에 가는 중일 터였다. 시원은 남자의 걸음에 눈길을 두다 괜스레 세혁에게 팔짱을 꼈다. 세혁이 별스럽다는 눈길로 시원을 힐끗 보곤 묵묵히 걸었다. 시원은 세혁에게 맞춰 천천히 걸으며 멀어져가는 남자를 바라보았다. 시원은 어색한 분위기를 무마하고 싶었다. 피곤해? 세혁이 슬쩍 팔을 빼며 말했다. 좀. 시원은 대화를 잇지 않았고, 둘은 남남이 아닌 정도의 거리를 유지하며 역을 빠져나갔다.

역 앞에서 탄 버스는 로프웨이 정거장이 종착지였다. 버스에서 내리자마자 유황 냄새가 코를 자극했다. 산 정상에서 하얀 연기가 뿜어져 나오고 있었다. 시원은 유황 냄새가 섞인 공기를 들이마셨다. 코에 물이 들어갔을 때처럼 톡 쏘며 자극하는 냄새가 싫지 않았다. 숨이 차듯 두근거리는 심장의 움직임도 좋았다. 매표소를 향해 한 층씩 계단을 오를 때마다 냄새가 더욱 짙어졌다. 숨을 깊게 들이마셨다. 세혁이 말했다. 숨쉬기가 힘들군, 유독가스야, 몸에 좋지 않겠지. 시원은 그 말을 무시하고 더 빨리 계단을 올라갔다.

로프웨이 입구는 닫혀 있었다. 분화 경계 레벨이 높아져 운행을 보류한다는 안내문이 여러 언어로 붙어 있었다. 재개 시기도 쓰여 있지 않았다. 시원은 실망했다. 바다를 건너 타국에, 하루 일정을 모두 들여 이곳까지 온 거였다. 이대로 돌아갈 수는 없었다. 진행을 예측할 만한 안내문을 찾아 주위를 두리번거렸다. 세혁이 포기하고 내려가자고 재촉했다. 시원은 벽에 달린 모니터를 확인하며 조금만 기다려달라고 대답했다. 모니터엔 현재 분화구 상황이 중계되고 있었다. 연기인지 수증기인지 모를 뿌연 기체가 계속 뿜어져 나왔다. 다른 관광객들이 모두 사라진 걸 확인한 세혁이 차라리 휴게실에서 기다리자고 제안했다. 시원은 그를 따라 일 층으로 내려갔다.

둘은 커피를 사서 휴게실로 갔다. 세혁은 의자에 앉자마자 핸드폰을 꺼냈다. 한참 뒤 핸드폰을 시원에게 보여주며 말했다. 주변이나 좀 둘러보고 내려가지, 유독가스 분출이 심해지면 며칠씩 간다고 쓰여 있어. 시원이 핸드폰을 받아들며 대답했다. 기다려보자, 이거 보려고 여기까지 왔는데. 그러면서 그가 검색해놓은 블로그를 읽었다. 여행 후기에는 세혁의 말대로 유독가스 분출로 이틀 동안 입장하지 못했다고 쓰여 있었다. 하지만 분화 상태에 따라 접근 중지가 해제되고 갑자기 허용되기도 한다는 내용 또한 있었다. 그건 금방 다시 로프웨이를 타게 될 가능성도 있다는 뜻이었다. 시원이 핸드폰을 돌려주며 말했다. 이것 봐, 갑자기 경계 레벨이 낮아지기도 한다잖아. 그의 얼굴에 짜증이 스쳤다. 시원은 찡그린 그의 미간을 바라보았다.

세혁은 포털 검색창에 뭔가를 썼고, 서성이는 사람들을 바라보던 시원도 핸드폰을 꺼냈다. 잠금 해제 패턴을 그리자 아침에 보낸 문자 화면이 떴다. 포클레인이 갖고 싶어. 크고 깊은 구덩이를 파는 진짜 포클레인 말이야. 문자를 보았을 텐데도 세혁은 모른 체하고 있었다. 의미 없다고 판단하거나 논리적이지 않다고 여겨지면 대꾸하지 않는 사람이었다. 시원이 말을 건넸다.

여름에 지방 다녀올 때 있잖아.

응.

국도변에 커다란 오동나무가 있었잖아.

응.

그 옆에 포클레인도 있었고.

응.

당신도 기억하는구나.

아니.

시원은 더 이상 말을 잇지 않고 커피를 들이켰다. 무덥던 여름날 보라색 오동나무꽃을 배경으로 버킷을 치켜들던 포클레인. 포클레인은 커다란 덩치와 달리 조심스럽게 움직였었다. 숙이고 있던 버킷을 천천히 들어 올려 완전히 뒤집었다. 포도송이를 닮은 꽃이 버킷에 부딪혀 흔들렸다. 그르릉 소리와 함께 버킷이 바닥을 향해 내려갔다. 갈퀴가 바닥에 닿는 순간, 버킷이 땅속으로 박혔다. 섬세하고 강했다. 커다란 구덩이가 생겼다. 버킷이 오르내릴 때마다 나무 옆 구덩이가 크고 깊어졌다. 흙 사이로 나무뿌리가 끊어져 올라왔고, 끊어진 굵은 뿌리에서 하얀 즙이 흘러나왔다. 포클레인이 나무 둥치를 밀기 시작했다. 굉음이 점점 커지고 나무가 서서히 기울었다. 그리고 풀썩 넘어갔다. 보라색 꽃이 바닥에 흩어졌다. 시원은 포클레인 바퀴에 짓이겨지는 꽃을 바라보다 불쑥 말했다. 포클레인이 갖고 싶어. 그가 뜬금없다는 표정으로 시원을 바라보고는 왜? 하고 물었다. 시원은 대답하지 못했다. 그런 마음이 든 이유를 알지 못했다.

몇 시간을 기다려도 통제는 풀리지 않았다. 여러 팀의 관광객이 버스를 타고 왔다 다시 내려갔다. 시원은 건물 밖으로 나갔다. 산 정상 분화구 쪽을 올려다보았다. 연기가 검은 색으로 바뀌어 있었다.

둘은 아무것도 보지 못한 채 호텔로 돌아왔다. 시원은 내일 다시 화산에 가겠다고 했다. 세혁은 짧은 여행 기간 동안 화산만 고집하는 시원을 못마땅해했다. 결국 시원은 화산으로 세혁은 고성으로 가기로 했다. 길지 않은 대화 끝에 그가 당신답지 않아, 하고 말했다. 시원은 한쪽으로 비뚤어지는 그의 입꼬리를 보았다. 그가 도대체, 하고 내뱉었다. 시원은 그 말에서 경멸을 보았고 통증을 느꼈다.

세혁이 텔레비전을 켜고 이리저리 채널을 돌렸다. 텔레비전을 등지고 있던 시원이 들려오는 들뜬 목소리에 몸을 비틀어 화면을 보았다. 양 갈래로 머리를 묶고 미니스커트를 입은 젊은 일본인이 과장된 몸짓으로 떠들었다. 일본어 자막이 크게 나왔다 사라졌다. 시원은 몸을 제자리로 돌려 그를 마주 보았다. 하지만 그는 시원의 어깨 너머 알아듣지 못하는 일본 방송을 계속 보았다. 시원은 맥주를 한 모금 마시고 창에 시선을 두었다. 둘은 테이블을 사이에 두고 앉아 서로의 너머로 다른 곳을 보고 있었다. 이상하고도 익숙한 상황이었다. 시원은 시끄럽게 떠드는 방송을 흘려들으며 맥주를 들이켰다.

금세 술기운이 돌고 얼굴이 화끈거렸다. 열을 식히려 양손바닥으로 볼을 꾹 눌렀다. 건너편 호텔 한 창문의 커튼이 열리고 실루엣이 나타났다. 한 사람이 불을 환하게 켜고 창가로 다가오고 있었다. 조명을 받은 몸의 윤곽이 점점 선명해졌다. 불룩한 가슴과 배. 역광 속 얼굴은 뚜렷하지 않았지만 남성이 확실한 건 성기 때문이었다. 검은 사타구니에 시원에게는 없는 살덩이가 있었다. 시원은 당황해 맥주잔을 내려다보았다. 그러나 곧 건너편 호텔을 힐긋거렸다. 동시에 세혁의 표정을 살폈다. 창문을 등지고 있는 그는 이 상황을 보지 못했다. 시원은 세혁이 눈치채지 못하게 계속 창을 곁눈질했다.

팔을 뻗어 조도를 낮추었다. 조명이 환하면 건너편 남자에게 우리 방도 보이겠구나 싶었다. 지켜보고 있다는 사실을 누구에게도 들키고 싶지 않았다. 세혁이 왜? 하며 시원을 쳐다보았다. 스탠드 조명을 어둡게 한 이유를 묻는 거였다. 시원은 너무 환해서, 하고 대답했다. 그는 다시 텔레비전으로 눈길을 돌렸다. 시원의 심장이 두근거렸다. 또다시 건너편 호텔을 주시했다. 술에 취한 듯 흔들리는 남자의 몸과 달리 어쩐지 시선이 꼿꼿하게 느껴졌다. 남자의 눈이 이쪽 편의 수많은 방 중 시원의 방에 고정되어 있는 것 같았다. 시원은 이제 그쪽을 보지 말자고 마음먹었다.

시간이 꽤 흘렀다. 결심과 다르게 자꾸만 눈길이 창을 향했다. 시원은 조명을 더 낮추었다. 건너편 남자는 보란 듯이 창에 몸을 더욱 밀착시켰다. 남자의 자세와 고개의 각도가 분명 시원을 향해 있었다. 심지어 시원을 바라보고 있다는 느낌을 떨칠 수 없었다. 시원은 기분이 나빠졌다. 호기심에 계속 흘깃거리면서도 점점 불쾌해지고 열이 났다. 그러다 문득 깨달았다. 내가 보고 있는 걸 저 남자가 알고 있구나, 은밀한 놀이는 내가 아니라 저 남자가 하고 있구나, 주도권은 저 남자가 쥐었구나. 찬물로 여러 번 세수를 하고 돌아와 커튼을 쳤다.

세혁은 먼저 잠자리에 들었다. 시원은 땋은 머리를 풀고 머리를 감았다. 젖은 머리를 대충 닦고 그의 옆에 누웠다. 등 밑에 깔린 머리카락에서 물기가 배어들었다. 긴 머리는 늘 관심의 대상이었다. 고등학생 시절, 수학여행을 앞두고 친구들의 관심이 시원의 머리카락으로 쏠렸다. 드디어 완벽히 풀어진 머리를 볼 수 있겠다거나, 어떻게 머리를 감고 말리는지 궁금하다거나, 어디서도 해볼 수 없는 헤어스타일을 시도해보려는 계획 같은 다양한 말이 오갔다. 시원은 자신에게 집중된 화제가 부담스러우면서도 싫지 않았다. 방을 배정받고 욕실에 들어간 얼마 뒤 벌컥 문이 열렸다. 나도 나도, 하는 소리와 와, 하는 탄성을 들으며 샴푸를 씻어냈다. 젖은 머리를 늘어놓고 바닥에 누웠을 땐 탄성이 탄식으로 바뀌었다. 시원은 머리카락이 최대한 겹치지 않도록 방사형으로 펼쳐놓았고 친구들에겐 얼굴을 중심으로 검고 긴 부채가 바닥에 펼쳐진 듯 보였을 것이다. 친구들은 말끝을 길게 내리며 '아'나 '어' 같은 소리를 냈고, 눈을 찌푸리는 친구도 있었다. 시원의 머리를 땋겠다고 가위바위보를 했던 이들 중 누구도 나서지 않았다.

축축한 머리카락이 젖은 해초처럼 몸을 휘감았다. 시원은 진득하게 들러붙는 느낌에 진저리를 쳤다. 아침 일찍 일어나 밤사이 마른 머리를 빗었다. 윤기가 흐르도록 헤어에센스를 골고루 발랐다. 풍성한 머리카락을 그대로 두고 거울을 보았다. 목 뒤로 손을 넣어 손바닥으로 머리카락을 쓸어내렸다. 손을 따라 머리가 출렁이고 차라락 흘러내렸다. 세혁이 시원의 하는 모습을 가만히 지켜보았다. 시원이 거울을 통해 그의 눈을 바라보다 물었다. 자를까? 그의 표정이 당혹스러움을 지나 금세 어이없음으로 바뀌었다. 왜? 시원은 그냥, 하고 대답했다. 그리고 담담하게 머리를 땋기 시작했다. 갈림길에서 그는 같이 갈까, 하고 물었고 시원은 혼자 갈게, 하고 대답했다. 그는 해안가로 가는 버스를 탔고, 시원은 편의점에서 가위를 샀다.

차창 밖으로 어제와 같은 풍경이 펼쳐졌다. 복잡한 생각 없이 밀려나고 밀려오는 풍경을 바라보았다. 나무들은 여전히 뾰족하고 키가 컸다. 촘촘하게 들어선 나무 탓에 오히려 잡풀은 적었다. 저 숲에선 걸어 다니기도 힘들겠구나, 저기도 꿩이 살까. 쿠이가 스티로폼 상자를 건네준 적이 있었다. 안에는 닭보다 조금 큰 조류가 포장육으로 손질되어 들어 있었다. 꿩이라고 했다. 시원은 꿩은 어떻게 요리하느냐고 물었다. 쿠이는 마음대로, 하고 답했다. 시원은 식당 간판에서 보았던 꿩 만두가 떠올랐지만 조리법을 몰랐다. 집으로 가져가 냉동실에 넣었다.

어느 날 세혁이 냉동실을 문을 열었을 때 꽁꽁 언 덩어리가 굴러떨어졌다. 돌처럼 단단한 냉동 꿩이 그의 발등을 때렸다. 그가 비명을 질렀다. 이거 뭐야? 시원이 대답했다. 꿩, 아니. 그의 표정이 돌변했다. 너 미쳤구나, 이걸 집까지 가져오고. 시원은 당황했다. 그렇게 심하게 화를 내는 걸 어떻게 받아들여야 할지 몰랐다. 발등이 너무 아프기 때문일 거라 생각하면서도 그가 한 말들이 가슴을 찔렀다. 단어 하나하나가 의문과 불안을 일으켰다. 미쳤구나, 이걸, 집까지. 무슨 뜻으로 그런 말을 했는지 시원은 아직도 의문이었다. 혹시, 하는 불안감이 일었지만 애써 외면했고, 세혁도 다신 그 사건을 언급하지 않았다. 시원이 알고 있듯 세혁도 알고 있었다. 서로를 떠나기엔 잃을 게 너무 많다는 것을.

이런저런 생각을 하는 사이 전날처럼 같은 모양, 같은 색깔의 지루한 집들이 지나갔다. 그때 귀에 익은 목소리가 들렸다. 오늘도 화산 가세요? 시원이 놀라 저도 모르게 쿠이, 하고 흘리며 고개를 돌렸다. 어제 마주쳤던 남자가 서 있었다. 시원이 얼떨떨한 표정으로 고개를 까딱였다. 남자는 천진한 표정으로 대답을 기다리고 있었다. 타인들 사이의 거리 따위 모르거나 알고 싶지 않다는 표정. 시원은 그 또한 쿠이를 닮았다고 생각했다. 우연만은 아닐 것 같은 이 상황을 예견하고 있었다는 느낌마저 들었다.

머뭇거리던 시원이 긴장했던 입꼬리의 힘을 풀었다. 남자의 눈을 마주 보고 그의 경쾌한 말투에 맞춰 가볍게 대답했다. 네 맞아요. 남자가 싱긋 웃었고, 통로 건너 좌석에 등받이를 타고 흐르듯 내려앉았다. 시원은 수면 위로 날아오르는 가오리의 지느러미를 연상했다. 의지와 상관없이 가슴이 두근거렸다. 둘은 한동안 각자의 차창 밖을 바라보았다. 남자가 매끄럽게 중얼거렸다.

저 집들 정말 지루하죠. 지나치게 다양한 것도 많은 나라인데. 저기서 누르면 여기선 넘치는 그런 건가. 오늘은 통제가 풀리면 좋겠어요. 저는 삼 일째예요. 이번 여행에선 마지막 기회죠.

네, 헛걸음이 아니면 좋겠어요.

도착역을 알리는 안내 방송이 나왔다. 시원은 외투를 내려 팔에 걸치고 가방을 들었다. 기차가 역에 도착했고 둘은 같이 내렸다.

로프웨이는 여전히 출입이 중지되어 있었다. 사람들이 아쉬워하며 내려갔다. 시원과 남자 역시 실망했지만 좀처럼 자리를 뜨지 못했다. 모니터 앞에 서서 분화구 상황 실시간 중계를 지켜보았다. 얼마 시간이 지나 제복을 입은 직원이 그들 앞을 지나갔다. 안내판의 경계 레벨을 바꾸고 로프웨이 출입구를 열었다. 시원과 남자는 마주 보고 빙긋이 웃었다. 입장권을 끊고 케이블카에 올랐다. 뒤늦게 올라온 관광객 몇이 함께 탔다.

케이블카는 산을 타고 올라 분화구 입구에 멈추었다. 길옆 군데군데 콘크리트로 만든 대피소가 보였다. 검은 흙과 돌, 어두운 하늘빛, 회색 공기 속을 걸으며 시원은 태양 빛의 스위치를 내린 지구로 들어간다고 느꼈다. 흑백의 공간에서 유일하게 빛날 마그마. 외부에서 오는 빛으로 빛어지지 않은, 스스로의 내부 에너지로 붉은 마그마. 시원은 어둠 속에서 홀로 빛나는 일렁임을 상상했다. 유황 냄새가 짙었다. 심장이 펄떡였다. 분화구를 보는 설렘 때문인지, 독한 가스를 마셔 생기는 산소 부족 때문인지, 아니면 다른 이유 때문인지, 걸을수록 점점 심장박동이 빨라졌다.

둘은 분화구 앞에 섰다. 거친 흙에 굵은 돌멩이가 섞여 있었다. 경사 아래에는 강제로 쪼갠 듯 날카롭게 층이 진 거대한 바위들이 보였다. 바위로 둘러싸인 깊은 곳에서 연기가 빠르게 솟아났다. 연기는 뭉게구름처럼 떠올랐다 안개처럼 퍼졌다. 연기구름 속에서 시원은 넘실거리는 바다를 보았다. 잿빛 눈송이가 하얀 바다 위로 떨어졌다. 수면 아래에 네 다리를 가진 물고기가 헤엄쳐 지나가고 불가사리가 떼를 지어 뒤따랐다. 불가사리의 팔이 닿으려는 순간 물고기는 수면 위로 튀어 올랐다. 아가미 안에서 공기를 마신 폐가 부풀고 있었다. 시원은 아가미의 흔적을 더듬기라도 하듯 손바닥으로 자신의 가슴께를 여러 번 쓸었다.

남자가 핸드폰을 꺼내 사진 앱을 띄우며 말했다. 탄자니아에도 화산이 많아요. 거기 라에톨리 평원이란 곳에 유명한 발자국 화석이 있는데, 화산재가 쌓인 평원을 늙은 남자, 여자, 젊은 남자로 추정되는 세 인류가 걸어갔어요. 두 발로. 인류 최초의 직립 보행 흔적이라죠. 시원이 남자를 보았다. 남자가 분화구를 향해 셔터를 누르고 덧붙였다. 화석 마니아라고 생각하세요.

시원은 탄자니아라는 단어에서 쿠이가 했던 말을 기억해

냈다. 자신의 이름을 어느 사냥하는 부족에게서 따왔다던, 그 부족 언어로 쿠이는 인간을 뜻한다던. 시원은 쿠이가 라에톨리 평원의 발자국 이야기를 알고 있을지 궁금했다. 지금의 인간과 몸이 털로 덮여 원숭이를 닮은 그때의 인류는 뭐가 다르고 뭐가 같을까. 쾌락과 생존, 사랑을 하는 것과 교미를 하는 것, 아이를 낳는 것과 번식을 하는 것, 안정된 삶을 추구하는 것과 매력적인 유전자를 찾는 것. 무얼 선택하며 살고 있는지, 선택하는 것이 가능하긴 한지.

연기에서 시선을 내려 분화구를 보았다. 안전대 때문에 가까이 다가가지 못하는 게 아쉬웠다. 조금만 몸을 내밀면 연기 사이로 끓는 물이, 그 아래 붉은 마그마가 보일 것 같았다. 땅 깊은 곳에서 일렁이며 올라오는, 뜨거운 열기로 투명해지는 마그마. 안전대에 기대어 앞으로 몸을 숙였다. 시선을 깊게 더 깊게 옮기며 몸을 앞으로 내밀었다. 안전대를 잡은 손에 힘이 바짝 들어갔다. 아득한 옛날 검은 연기를 뿜어내는 화산 옆을 걸어간 원숭이를 떠올렸다. 그는 두 발로 걷기 위해 안간힘을 쓴다. 한 발을 내디딜 때마다 앞으로 고꾸라져 앞발로 땅을 짚는다. 간신히 균형을 잡고 두 발로 서는 순간 거대한 폭발음이 들리고 붉은 파도가 산에서 쏟아져 내린다. 피부가 순식간에 청동 비늘로 뒤덮이고 그는 다이빙하듯 붉은 바닷속으로 뛰어든다.

순간 다리가 덜렁 들렸다. 중심을 잃고 꼬꾸라지는 어깨를 남자가 낚아챘다. 안전대를 중심으로 호를 그리던 발이 땅에 닿았다. 남자가 놀라 숨을 훅 내쉬며 손을 치우려 했다. 시원이 얼른 그 손을 잡고 남자에게로 몸을 돌렸다. 남자의 눈을 바라보았다. 남자의 동공 깊은 곳이 일렁이며 투명해지는 걸 보았다. 시원의 심장이 거세게 뛰었다. 시원의 입술이 남자의 입에 가 닿았다.

둘은 여러 개의 분화구를 지나 산책로를 벗어났다. 언덕을 내려가 사람들의 눈길이 미치지 않을 바위 뒤에 멈췄다. 남자가 시원의 목덜미를 쥐고 입을 맞췄다. 남자에게서 유황 냄새가 진하게 났다. 시원은 그 냄새를 들이마시며 눈을 감았다. 남자가 시원의 땋은 머리를 부드럽게 훑어 내렸다. 앞으로 늘어뜨려 풀기 시작했다. 마디마다 손가락을 넣어 매듭을 풀었다. 시원은 풀어 헤쳐진 머리를 등에 깔고 바닥에 누웠다. 바닥은 거칠고 머리카락은 부드러웠다. 달걀노른자를 삼킨 것 같은 숨 막힘과 매끄러움이 전해졌다. 남자의 인중이 시원의 이마에, 시원의 입이 남자의 턱에 닿았다. 시원은 입술로 남자의 턱을 물었다. 둘은 테트리스를 쌓듯 얼굴을 대고 몸을 겹치고 팔과 다리를 서로에게 끼워 넣었다. 시원은 거친 바닥이 등을 파고드는 걸 느끼며 눈을 꼭 감았다. 숨 막히는 공기를 가르고 여름과 겨울이, 라에톨리 평원과 사냥꾼의 낡은 자동차가 지나갔다. 같이 있자. 그런 말 하지 마. 나랑 살자. 안 돼, 잃을 게 너무 많아. 사랑해. 나중에, 나중에 사랑하자, 죽을 만큼 늙으면.

시원은 스치는 바람에 흔들리는 머리카락과 온몸에 밴 유황 냄새를 느끼며 혼자 걸었다. 대피소 사이를 지나 케이블카에 올랐다. 먼저 타고 있던 몇 사람이 시원의 기다란 머리카락을 손으로 가리켰다. 케이블카가 공중으로 떠올랐다. 시원은 분화구 쪽을 바라보다 가방에 손을 넣어 가위를 잡았다. 플라스틱 포장지의 날카로운 모서리를 손으로 쓸었다. 케이블카 문이 열릴 때까지 같은 자세로 계속 손끝에 느껴지는 쓰라림을 느끼며 모서리를 쓸었다.

계단을 내려가던 시원이 놀라 멈춰 섰다. 거기 세혁이 있었다. 시원은 당황해 몸이 굳은 채 그를 바라보았다. 그도 시원을 바라보았다. 그가 언제부터 여기 있었던 건지, 이곳에만 있었던 건지, 아니면 어디까지 갔던 건지. 세혁이 시원을 향해 다가왔다. 시원은 숨을 고르고 정신을 차렸다. 그의 표정을 읽어내려 노력했다. 무표정한 그의 얼굴에선 아무것도 읽히지 않았다. 그러면서 동시에 모든 감정이 담긴 것 같이 보였다. 시원은 자신이 취할 적절한 대응이란 없다는 걸 깨달았다.

최대한 아무렇지 않은 척 계단을 내려갔다. 세혁이 말했다. 머리 풀었네. 시원이 대답했다. 응. 그가 말했다. 다시 묶지. 시원이 손목에 끼워놓았던 머리끈을 뺐다. 손등에 핏물이 묻고 머리끈이 젖었다. 상관하지 않고 머리카락을 모아 쥐었다. 구겨진 옷과 어딘지 모르게 흐트러진 옷매무새가 신경 쓰였다. 외투에 붙은 먼지를 털어냈다. 화산재가 오히려 넓게 번져 묻었다. 시원이 물었다. 어떻게 여길. 세혁이 시원의 말을 자르고 대답했다. 당신 데리러. 그가 건물 밖으로 앞서 걸었다. 시원이 뒤따랐다. 둘은 버스 정류장 앞에 섰다. 바람이 불어와 주차장에 쌓인 화산재를 날렸다. 잿빛 먼지가 풀썩 떠올랐다 가라앉았다. 시원이 화산을 올려다보았다. 흰 연기 사이로 검은 연기가 솟아올랐다. 시원이 힘겹게 말을 꺼냈다. 고마워. 그가 누른 목소리로 대답했다. 응. 시원은 점점 짙어지는 검은 연기를 하염없이 바라보았다. 세혁이 혼잣말처럼 내뱉었다. 그만 집에 가자. 시원은 이유를 설명할 수 없고, 답도 받지 못할 문자를 또 떠올렸다.

포클레인이 갖고 싶어. 구덩이를 파는 진짜 포클레인 말이야. 아주 깊고 큰 구덩이를 팔 거야. 깊은 그 속엔 마그마가, 암모나이트가, 삼엽충이 있을지도 몰라.

오늘도 캠핑

우두머리 수컷의 눈이 번쩍입니다. 무심히 걸음을 내딛는 듯하지만 눈빛만은 사냥감을 찾을 때처럼 매섭습니다. 외부의 침입을 피할 수 있는 곳인지 살피는 것일 테죠. 수컷이 어슬렁거리던 걸음을 멈추고 제자리를 맴돕니다. 울창한 나무로 둘러싸인 이곳이 무리를 들이기에 안전하다는 걸 본능적으로 알아차리죠. 나무를 어깨로 들이받아 튼튼한지 확인합니다. 바닥을 문질러 튀어나온 돌도 옆으로 밀어냅니다. 영역을 표시하는 절차죠. 그리고 가슴을 한껏 부풀려 수컷다움을 뽐냅니다. 오늘 밤 무리는 이곳에 머물게 될 겁니다. 이제 수컷이 자신을 기다리고 있는 무리를 돌아봅니다.

그가 나를 돌아봤다. 나온 배를 더 내밀고 한 팔을 뻗어 바닥을 가리켰다. 눈빛에 좋은 자리를 찾아냈다는 뿌듯함이 비쳤다. 나는 텔레비전에서 보았던 동물의 왕국을 떠올렸다. 적을 향해 포효하는 사자나 암컷을 유혹하려 알록달록한 깃털을 곧추세우는 새가 나오는. 그는 도시에서 드러낼 수 없었던 수컷성을 이곳에서 맘껏 뿜어내려는 것 같았다. 당장 화답하지 않으면 수컷성은 실망할 게 분명했다. 나는 최대한 크게 미소 지었다. 아마 나의 미소는 '우리 가족을 위해 좋은 장소를 고른 당신이 자랑스러워요' 하는 메시지로 전달될 거였다. 그가 밝게 웃으며 어깨를 활짝 폈다.

텐트를 칠 장소가 정해지자 일은 순서대로 거침없이 이루어졌다. 그는 차에서 접이식 의자와 해먹을 꺼낸 뒤 앉아서 기다려, 하고 말했다. 나는 나비를 쫓고 있던 아이를 데려다 의자에 앉혔다. 그는 튼튼한지 미리 확인해둔 나무에 밧줄을 두르고 매듭을 지었다. 맞은편 나무에도 매듭을 지어 해먹을 걸었다. 아이는 해먹이 걸리자마자 게임기를 들고 해먹 안으로 들어갔다. 그가 차에서 나머지 짐을 내렸다. 바닥에 그라운드 시트를 깔고 텐트를 올렸다. 텐트에 폴을 끼우고 모양을 잡아나갔다. 더운 날씨도 아닌데 땀을 흘리며 정성을 들였다. 그런 모습을 보고 가만히 있을 수만은 없었다. 내가 이너 텐트 가방 지퍼를 열자 그가 호기롭게 말했다. 내가 할게, 쉬면서 기다려. 나는 다시 의자로 돌아와 앉았다.

야외로 나올 때마다 그는 다른 사람이 되었다. 캠핑하기 좋은 장소를 찾고, 운전을 하고, 텐트를 치고, 숯불을 피워 고기를 굽고, 장작에 불을 지피고. 모든 과정을 프로그래밍이 잘된 기계처럼 혼자 해냈다. 쉬는 날이면 종일 스마트폰을 끌어안고 「블레이드 앤 소울 레볼루션」이나 「펜타스톰」을 하느라 차려진 밥이 식어도 모르던 그 사람이 아니었다. 덕분에 캠핑장에서 내가 하는 일이라곤 가만히 앉아 있는 게 전부였다. 기껏해야 그가 내민 레시피에 맞춰 미리 장을 봐두는 정도였다. 나는 휴식이 좋았고, 자연에서 부지런히 움직이는 그를 보는 게 좋았다. 하지만 캠핑이 잦아질수록 언제부턴가 불편해지기 시작했다.

처음 그가 캠핑을 제안했을 때, 나는 도시를 벗어나 푸른 나뭇잎을 보고, 상쾌한 바람을 느끼고, 차가운 계곡물에 발을 담그는 상상만으로도 신이 났다. 바닥에 던지듯 내려놓으면 모양이 완성되는 작은 원터치 텐트를 샀고, 안을 밝힐 랜턴을 샀다. 집을 샀을 때처럼 설레는 마음으로 캠핑장을 찾았다. 가져간 냄비에 라면을 끓여 먹었고, 숲을 산책했다. 계곡에서 물놀이를 했고, 자잘한 들꽃을 구경했다. 아이는 텐트에 들어가 자신만의 비밀 공간을 얻은 듯 행복해했다. 그렇게 나는 우리의 첫 캠핑을 기억했다.

하지만 그의 기억은 달랐던 모양이다. 대형 텐트 정원에 있는 개집처럼 보이던 조그만 텐트, 테이블 없이 돗자리에 앉아 먹었던 라면, 은빛 스테인리스 코펠 세트가 아닌 그을음이 묻은 냄비, 캠프파이어가 아닌 랜턴 하나에 의지해 둘러앉았던 밤. 그의 말에 등장하는 추억은 초라했다. 나는 세 사람이 사용하기에 충분한 크기의 텐트라고 말했지만 그는 받아들이지 않았다. 캠핑에서 돌아온 날부터 장비를 공부하기 시작했다. 가장 먼저 산 물건은 이너 텐트가 갖춰진 거대한 텐트였다. 그리고 테이블과 안락의자처럼 생긴 접이식 의자를 샀다.

곧 두 번째 캠핑이 이어졌다. 우리는 처음과 달리 산책을 하지 못했다. 커다란 텐트를 치는 데 시간이 너무 오래 걸렸다. 그는 연신 설명서를 들여다보며 텐트를 치는 일에 집중했고, 나는 그를 따라다니며 흩어진 장비를 정리했다. 아이는 와 우리 집 엄청 크다, 하고 감탄하며 텐트 주위를 뛰어다녔다. 하지만 금세 지루해졌는지 공을 가져와 그에게 놀아달라고 졸랐다. 그는 대답 대신 망치와 캠핑팩을 좋은 것으로 사야겠다고 투덜거렸다. 아이는 공을 들고 아빠를 기다리다 결국 혼자 공을 차고 주워 오며 놀았다. 텐트를 다 치고 나니 이미 날은 어두워져 있었다. 집으로 돌아오는 다음 날도 마찬가지였다. 텐트를 다시 접는 데에도 오랜 시간이 걸렸다. 아이와 나는 그가 텐트를 치고 접는 것을 기다리며 많은 시간을 보냈다.

그 뒤로도 많은 물건이 배달되었다. 이삼 일에 한 번씩 택배가 왔다. 간이 싱크대, 설거지통, 차량용 냉장고, 가스 랜턴, 숯불 그릴, 캠프파이어용 화로, 전기장판, 탁상 선풍기, 릴선, 드립백 커피와 꽃무늬가 자잘하게 그려진 테이블보까지. 새로운 장비를 살 때마다 그는 캠핑을 계획했다. 집에서 쉬고 싶거나, 대청소를 해야 하거나, 아이와 영화를 보기로 약속한 주말이면 나는 캠핑 장비를 만지작거리는 그의 눈치를 봐야 했다. 그러는 사이 장비는 누구에게도 뒤지지 않을 만큼 늘어갔다. 동시에 그가 텐트를 치고 장비들을 세팅하는 시간도 함께 늘었다. 계곡을 거닐던 아이는 해먹에 누워 게임을 했고 나는 안락의자에 앉아 스마트폰으로 유튜브를 보았다.

언젠가부터 캠핑장이 집처럼 느껴지기 시작했다. 숲에서도 안락하고 싶었다. 의자에 앉으면 선풍기가 생각났고, 선풍기를 틀면 드라마를 볼 노트북이 필요했고, 노트북이 있으니 음악이 듣고 싶었고, 음악이 나오면 울림이 좋은 스피커가 사고 싶어졌다. 필요가 많아지고 그것을 채울수록 더 편안함을 원했다. 편안하게 해줄 물건이 없는 캠핑은 그저 호텔보다 불편한 여행지일 뿐이었다. 이건 아닌데, 풀냄새 섞인 공기만으로도 좋던 처음과 너무 다른데, 하면서도 편리와 안락을 거부하긴 어려웠다.

이너 카펫을 깔던 그가 큰 목소리로 내뱉었다. 이게 뭐야, 그 점원 놈, 어쩐지 설레발치는 게 이상했어. 너무 작잖아. 나는 괜히 무안해졌다. 점원을 향한 듯한 그 말은 사실 나에게 던진 것일 터였다. 며칠 전 그가 쓰던 카펫이 찢어졌다고 모델명을 적어주며 새 카펫을 인터넷으로 주문할 것을 부탁했다. 나는 급한 일이라 여기지 않았고, 잊었다. 뒤늦게 카펫이 도착하지 않을 걸 안 그가 화를 냈다. 습기가 올라오지 않도록 바닥에 까는 용도인 것을, 많이도 아니고 조금, 그것도 뒷면이 찢어진 것을. 테이프를 붙여 쓰자고 말하고 싶었지만 대꾸하지 않았다. 그의 말대로라면 그건 제대로 된 캠핑이 아니었다. 결국 급하게 근처 캠핑 용품점에서 비싼 가격으로 카펫을 샀다. 그런데 정작 꺼내어 보니 크기가 작았던 것이다.

그가 핸드폰을 꺼냈다. 어제 카펫을 샀다고 자신을 소개한 뒤 크기가 작다고 말했다. 잠시 대답을 듣던 그가 정중하고 차갑게 말했다. 적당한 게 아니라 작단 말입니다. 이너 텐트보다 훨씬 작아요. 가게 측의 답변이 마음에 들지 않았는지 그의 말이 빨라졌다. 이런 카펫을 쓰는 사람이 어디 있어요. 어디 한 사람이나 앉겠어요? 다른 식구들은 서 있을 판입니다. 나는 저렇게 과장할 필요가 있나, 생각하며 카펫을 보았다. 그다지 나빠 보이지도 작아 보이지도 않았다. 그는 사용한 뒤에 교환해주겠다는 답을 듣고서야 통화를 끝냈다.

그가 성큼성큼 걸어 발대중으로 거리를 잰 뒤 바닥에 표시를 했다. 여기저기 놓인 돌과 나뭇가지를 치우고 바닥을 평평하게 골랐다. 망치로 팩을 박아 기둥을 세우고, 줄을 잡아당겨 팽팽하게 조였다. 타프를 들어 올려 기둥 위에 얹었다. 그리고 기둥이 기울지 않도록 줄을 조정했다. 나는 텐트를 치는 건 집을 짓는 행위와 비슷하구나, 수컷이 집을 지으니 암컷은 채집이라도 할까, 생각하다 피식 웃었다. 불쑥 그에게 말을 건넸다.

"고향 고향 내 고향 박꽃 피는 내 고향 노래할 때 그 박꽃, 본 적 있어?"

"아니."

"왜 옛날에는 박을 지붕에 키웠을까?"

"그러게."

"초가지붕에 달덩이 같은 박. 그런 걸 왜 지붕에 기르지? 굴러떨어지면 큰일 날 텐데."

"실제 그렇게 크진 않겠지."

"흥부네만 해도 그래. 초가집이잖아. 아무리 이엉이 단단해도 콘크리트도 아니고 기껏해야 지푸라긴데. 또 흥부네 박은 별나게 크잖아, 안에 무거운 금화랑 보석도 들었고. 가난해도 집은 엄청 튼튼했나 봐."

그가 별생각을 다 하네, 하고 대답하며 싱긋 웃었다.

타프가 세워지는 사이 나는 아이에게로 다가갔다. 아이는 해먹에 누워 게임기를 붙들고 있었다. 나는 물가에 가보자고 말했다. 하던 것만 하고. 아이는 게임기에서 눈을 떼지 않았다. 마음먹은 대로 되지 않는지, 연신 손가락에 힘을 주고 어깨를 들썩이며 버튼을 세게 눌렀다. 아무래도 시간이 걸릴 것 같았다. 나는 의자로 돌아와 앉았다.

탁, 탁, 탁. 팩을 박는 소리가 산속을 울렸다. 답하듯 까를 까를 까를, 하는 소리가 들려왔다. 탁, 탁, 탁. 그가 또 망치로 팩을 때렸다. 다시 까를 까를 까를, 하는 소리가 크게 울려 퍼졌다. 숲을 뒤흔드는 날카로운 소리. 나는 고개를 들어 나무를 올려다보았다. 탁, 탁, 탁. 까를, 까를, 까를. 소리가 나는 곳을 찾아 고개를 돌렸다. 서라운드 시스템처럼 소리가 이쪽에서 저쪽으로 움직였다. 귀를 기울이며 천천히 주위를 살폈다. 높이 솟은 나무, 나뭇잎이 바람에 쓸리는 소리, 수북이 쌓인 푹신하고 축축한 낙엽, 옆 텐트의 그릇 부딪치는 소리, 흔들리는 해먹, 깔깔거리는 아이들 웃음. 어디서 나는 소린지 찾을 수 없어 고개를 내리면 다시 까를 까를, 하는 울음소리가 들렸다. 나는 또 소리가 지나는 쪽을 쳐다보았다. 갑자기 푸드덕 소리와 함께 커다란 검은 새가 날아와 나뭇가지에 앉았다. 까마귀보다 몸집이 훨씬 컸다. 머리를 꼿꼿이

세우고 내 쪽을 보았다. 나도 새를 마주 보았다. 까맣고 반들거리는 눈동자가 나를 노려보았다. 나는 절로 시선이 내려졌다. 또다시 탁 탁, 팩과 망치가 부딪쳤다. 동시에 검은 새가 까를 까를, 울며 날아올랐다. 나는 흠칫 놀라 몸을 뒤로 젖혔다. 훨씬 강하고 공격적인 소리였다. 새가 사라진 쪽을 바라보았다. 나뭇잎이 우거져 새는 보이지 않았다.

해먹으로 다가갔다. 아이에게 더 기다려야 하느냐고 물었다. 아이가 탁 소리가 나도록 게임기를 닫았다. 해먹 밖으로 고개를 쏙 내밀었다. 안 되겠다. 몬스터 힘이 너무 세. 엄마 뭐 하자고 그랬어? 나는 물가에 내려가 보자고 했다. 에이 재미없어, 그냥 여기 있을래. 아이가 다시 게임기를 열었다. 나는 비밀을 알려주듯 소리를 죽여 속삭였다. 물가에는 돌이 많을 텐데. 아이가 몸을 벌떡 일으켰다. 얼굴이 환했다. 그럼 가볼래. 아이가 해먹에서 내려왔다.

학교에서 돌아온 아이 주머니에는 늘 돌이 들어 있었다. 하굣길 인도나 화단에서 주웠을 돌은 색다를 것이 없었다. 흙 속에 파묻혀 있던 평범하고 울퉁불퉁한 돌. 그런 돌을 주머니에서 꺼내며 아이는 말했다. 이 돌은 가운데 줄무늬가 있어, 이 돌은 초록색이야 아주 귀한 색깔이지, 이 돌은 아주 단단해, 이 돌은 나무 속살 색이야. 모양도 나무를 닮았어. 붙인 이유는 다양했지만 내가 보기에는 그냥 돌멩이일 뿐이었다. 심지어 노란 돌이라고 주워 온 페인트가 묻은 보도블록이나 단단히 뭉쳐진 흙덩이도 있었다. 돌을 물에 씻고 햇볕에 말려 돌려주면, 아이는 그 돌을 책상 위에 늘어놓았다. 그리고 한동안 자세히 관찰했다. 관찰의 시기가 끝나고 또 돌을 주워 오면 책상 위 돌을 서랍에 넣었다. 그러는 사이 서랍은 돌로 가득 채워졌다.

나는 아이의 손을 잡고 내리막을 걸었다. 차로 지나치며 보았던 계곡은 그리 멀지 않을 거라 생각했다. 하지만 예상과 달리 꽤 걸어도 물소리조차 들리지 않았다. 경사가 급해 자꾸 발이 앞으로 쏠렸다. 발가락이 신발 앞코에 부딪혀 욱신거렸다. 걸음이 점점 더뎌졌다. 게다가 이렇게 먼 거리를 되돌아 올라가려면 힘이 들 거라는 생각에 괜히 나섰다는 후회가 일었다. 아이가 아직 멀었냐며 투덜댔다. 나는 아이를 달래며 길가에 앉았다.

바로 아래에 밀집해 있는 텐트들이 보였다. 그곳은 그가 가고 싶어 했지만 예약하지 못한 자리였다. 이상하게 캠핑장은 대여료가 가장 비싼 곳부터 예약이 마감되었다. 대여료가 비싸다는 건 곧 캠핑장의 중심부라는 뜻이었다. 매점과 샤워장이 가깝고, 전기를 쓸 수 있고, 주차가 편리하고, 자리가 넓고, 계곡이 가까운 곳. 그는 매번 그런 곳의 예약이 마감된 것을 확인하고 투덜댔었다. 뭔가 연줄이 있는 놈들이 미리 다 차지하는 걸 거야. 오늘도 그는 달동네에 집을 짓게 되었다며 불만스러워했다.

나는 가까운 텐트를 바라보았다. 인디언 천막을 닮은 커다랗고 하얀 텐트였다. 남자와 여자가 나란히 앞치마를 두르고 고기와 채소를 꿴 꼬치를 굽고 있었다. 앞치마에 수놓아진 수입 브랜드 로고가 선명했다. 그는 너무 비싸서 사지 못한 브랜드. 텐트도, 테이블도, 코펠도, 싱크대도 모두 고가의 브랜드였다. 그는 이런 걸 풀 세트로 구입하는 사람들이 있다며 부러워했었다. 나는 좀 씁쓸한 기분이 되었다. 아이가 손가락을 펴며 말했다. 우리도 저런 거 있으면 좋겠다. 나는 아이가 가리킨 쪽을 보았다. 또래의 아이 둘이 덮개를 내린 타프 안에서 스크린에 빔 프로젝터로 영화를 보고 있었다. 나는 아이 손을 잡았다. 아이가 스크린에서 눈을 떼지 못하고 끌려오다시피 따라왔다.

계곡에는 사람들이 제법 많았다. 물가에서 서늘한 기운이 느껴졌다. 아이들은 차가운 물을 첨벙였다. 반바지를 입은 아빠가 아기를 물속에 담갔다 꺼내기를 반복하고 있었다. 그때마다 아기가 까르르 웃었다. 나는 아이의 바지를 걷어주었다. 아이가 몇 발자국 물속으로 걸어 들어가다 차가워, 하며 돌아 나왔다. 그러곤 바닥을 내려다보며 물가를 걸었다. 나는 젖지 않은 바위를 찾아 걸터앉았다. 허리를 구부리고 이곳저곳을 돌아다니던 아이가 쪼그려 앉았다. 한 손으로 돌을 주워 다른 손에 모았다. 나도 어릴 적 저렇게 뭔가를 모았던 것 같은데, 아이는 왜 돌일까. 나는 뭘 모았었지, 맞아, 구슬, 유리구슬. 투명하고 알록달록한 구슬이 한 주머니 있었는데.

잠시 뒤 아이가 양손 가득 돌을 쥐고 내게로 왔다. 나는 제대로 보지도 않고 예쁜 걸 많이 모았구나, 하고 말해주었다. 아이는 보물이라도 되는 듯 조심스레 내게 돌을 건넸다. 나는 그것들을 물에 깨끗이 헹구어 넓적한 바위에 펼쳐놓았다. 아이가 그중 하나를 집어 내게 들이밀었다. 밤하늘을 닮은 돌이야. 나는 돌을 받아 들었다. 아이가 말을 이었다. 중간에 반짝반짝하는 게 많아. 나는 또 별 뜻 없이 대답했다. 그러네, 반짝이네. 아이가 재촉했다. 엄마 자세히 봐. 그제야 아이가 준 돌을 들여다보았다. 짙은 암회색 바탕에 노란 광물이 점점이 박힌 돌이었다. 한참 동안 돌을 보았다. 그러자 신기하게도 밤하늘에 별처럼 정말 금빛이 반짝거렸다. 저절로 와, 하는 탄성이 나왔다. 아이가 빙긋이 웃으며 말했다. 귀한 돌을 찾았어. 나는 아이의 손에 돌을 쥐여주며 대답했다. 그래 잃어버리지 말고 잘 간직하자.

아이는 계속 물가를 걸으며 돌을 살폈다. 해가 지기 시작하면서 공기가 쌀쌀해지고 어둠이 내리고 있었다. 산의 밤은 도시의 밤보다 일찍 오기 마련이었다. 다른 사람들은 대개가 돌아갔다. 서너 살로 보이는 남자아이와 부모가 있을 뿐이었다. 남자아이는 파란 입술을 덜덜 떨면서도 물 밖으로 나오려 하지 않았다. 부모가 달랬지만 마구 떼를 썼다. 부모가 아이를 덥석 안아 올려 큰 수건으로 감쌌다. 아이가 자지러질 듯 울다 딸꾹질을 했고, 부모는 아이를 안고 계곡을 빠져나갔다.

우리도 그만 돌아가자고 아이에게 외쳤다. 아이가 고개를 들어 주변을 살폈다. 이미 계곡에는 아무도 없고 어둑해진 걸 깨닫고 내게로 걸어왔다. 우리는 양쪽 주머니에 불룩이 돌을 넣고 계곡을 나갔다.

텐트를 향해 오르막을 올랐다. 다리에 힘이 빠져 더는 걷고 싶지 않을 즈음 멀리 우리 텐트가 보였다. 집짓기는 완성되었으니 이제 저녁만 해 먹으면 된다는 생각에 기운을 냈다. 힘들어하는 아이를 등 뒤에서 밀어주며 걸었다. 하지만 텐트 앞에서 맞닥뜨린 광경은 당혹스러웠다. 남편이 낯선 남자와 실랑이를 벌이고 있었다. 서로 자신이 옳다고 주장하는 두 남자의 얼굴이 벌겋게 상기되어 있었다.

수컷 두 마리가 서로를 노려봅니다. 상대가 약점

을 드러내길 기다리며 공격할 자세를 취하네요. 곧 서로에게 달려들 기세입니다. 두 마리 사이 긴장이 감돕니다. 먼저 정적을 깬 건 영역을 지키려는 수컷입니다. 큰 울음소리로 상대를 위협합니다. 하지만 만만한 싸움이 아닙니다. 영역을 빼앗으려는 수컷의 덩치가 훨씬 크기 때문이죠. 허공에 울부짖는 소리 따위에는 전혀 흔들림이 없네요. 싸움에 패한 쪽은 어둠과 추위 속을 떠돌게 될 겁니다. 패자에게 야생의 세계는 잔인한 법이죠. 영역을 지키려는 수컷이 이빨을 드러내고 으르렁거립니다. 흥분해서 가슴까지 들썩이네요. 그런데 웬일인지 덩치 큰 수컷이 갑자기 힘을 뺍니다. 노려보던 시선을 거두고 천천히 어슬렁거립니다. 걸음걸이에서 이미 승자의 여유가 느껴지는군요. 작은 수컷이 당황합니다. 어쩌면 싸움은 싱겁게 끝날 것 같습니다. 암컷이 용기를 내어 수컷에게 다가갑니다.

그에게 다가갔다. 등 위에 손을 얹고 가능한 한 차분하게 무슨 일이냐고 물었다. 그가 나를 쳐다보며 저 사람이 여길 예약했대, 하고 말했다. 말꼬리에 맥이 없었다. 나는 그의 등을 부드럽게 쓸어내렸다. 관리소에 가서 확인해보면 되잖아. 내 말에 경직된 그의 등 근육이 풀리는 게 느껴졌다. 그가 한숨을 뱉었다. 그리고 덩치 큰 남자에게 그렇게 하자고 제안했다. 두 남자가 관리소로 향했다. 한참 만에 돌아온 그의 얼굴에 결과가 쓰여 있었다. 패배였다. 어찌 된 일인지 예약이 되어 있지 않았던 것이다.

캠핑을 다니면서 처음 겪는 일이었다. 그는 이 상황을 받아들일 수 없는지 팩에 묶인 줄을 풀면서도 이상해, 하고 중얼거렸다. 꼼꼼하게 일을 처리하는 그가 얼마나 당황했을지 충분히 짐작이 되었다. 게다가 몇 시간 동안 땀 흘리며 친 텐트를 다시 접어야 한다니. 하지만 어쩔 수 없는 일이었다. 관리소 어디에도 그가 이 자리를 예약했다는 증거는 없었다. 나는 그를 도와 줄을 풀었다. 덩치 큰 남자가 차에서 짐을 내려놓기 시작했다. 줄이 풀린 폴이 넘어가며 타프가 풀썩 내려앉았다. 그 모습을 본 아이가 우리 집 왜 부숴? 하고 물었다. 나는 오늘은 캠핑을 못 하게 됐어, 하고 대답했다. 아이가 왜? 하고 다시 물었다. 뭐라고 설명해야 하나 망설였다. 갑자기 그가 아이에게 소리를 질렀다. 저리 가 있어. 아이는 시무룩해져 게임기를 찾아 들었다. 나는 왜 아이에게 화를 내냐고 하려다 그만두었다. 화를 꾹 눌러 참은 그의 얼굴이 심하게 붉었다.

대충 정리하는 데에도 시간이 오래 걸렸다. 그사이 차에서 짐을 모두 내린 남자는 팔짱을 끼고 우리를 지켜보고 있었다. 급한 대로 아무렇게나 차에 짐을 쌓아 올렸다. 시간이 흐를수록 기다리는 남자의 얼굴이 점점 일그러졌다. 마지막으로 바닥에 깔린 방수포를 걷어내자마자 남자는 자신의 방수포를 가져다 바닥에 깔았다. 그러면서 발음이 뭉개진 욕을 작게 내뱉었다. 나는 그 욕이 그에게 들리지 않도록 큰 소리로 말했다. 그래도 둘이 정리하니 금방 끝났네. 그는 대답 없이 굳은 얼굴로 방수포를 접어 차에 실었다.

캠핑장을 나와 다시 관리소 앞에 차를 세웠다. 직원에게 한 번 더 예약 상황을 확인했다. 돌아온 대답은 마찬가지였다. 예약 기록이 없습니다. 안타깝지만 주말이라 남는 자리도 없어요. 나는 직원의 안타깝지만이란 발음이 거슬렸다. 이 밤에 잠잘 곳을 잃은 건 당신네 사정이고, 여러 번 물어 나를 귀찮게 하지 말라는 뉘앙스가 느껴지는 단어. 그는 다시 확인해보라고 우겼다. 나는 그만하라는 뜻으로 남편의 옷을 잡아당겼다. 직원은 답답하다는 듯 모니터를 돌려 보여주었다. 그가 예약 목록을 모두 읽고 난 뒤 길게 한숨을 내쉬었다. 혹시 예약이 취소되는 자리가 생기면 연락을 달라는 말과 함께 전화번호를 건넸다. 직원은 알겠다고 했지만 심드렁한 표정으로 보아 신경 써 챙길 것 같지 않았다.

그가 차에 올라 짜증스럽게 머리카락을 헝클었다. 부앙 소리가 나도록 가속페달을 밟자 차가 갑자기 튕겨 나갔다.

나도 모르게 다리에 힘이 바짝 들어갔다. 그가 악, 하고 짧게 소리를 질렀고, 이어 한숨을 깊고 길게 내쉬었다. 도롯가에 차를 세웠다. 짐을 가득 실은 차들이 우리를 지나쳐 갔다. 직원에게서 연락이 없으면 이대로 되돌아가야 했다. 그는 아직 어떻게 할지 마음을 정하지 못한 것 같았다. 시동도 끄지 않은 채 운전대를 잡고 차창 밖 어둠만 쏘아보았다. 다섯 시간이나 걸려 왔는데 다시 돌아가야 한다니 피로가 몰려왔다. 너무 멀다는 내게 그는 숲이 울창하고 편의 시설이 잘 갖춰진 곳이라고 설득했다. 캠핑 하루 하자고 빈틈없이 가득 짐을 싣고, 마음에 드는 캠핑장을 찾아 다섯 시간을 달려, 성 같은 집을 짓는 일이라니. 이제 거기서 쫓겨나 되돌아가야 한다니. 뭐 하는 짓인지 싶어 헛웃음이 나왔다. 그가 뭐야, 하는 눈빛으로 나를 흘겨보았다. 나는 가로등으로 모여드는 나방에 시선을 둔 채 말했다.

"어릴 때 엄마 아빠랑 캠핑 많이 다녔는데."

"그런 말 한 적 없잖아."

"지금과는 많이 달랐어. 장비도 별로 없고. 기껏해야 텐트랑 냄비 정도. 그때는 그릴이 어디 있어. 넓적한 돌 주워서 강물에 씻어 고기를 구웠지."

"그때도 캠핑을 하는 사람들이 있었다고?"

"자주 가던 강이 있었는데 정말 깨끗했어. 커서 가봤을 땐

물이 엄청 더러워졌더라. 지난번 엄마 집에 갈 때 지나가면서 보니까 물은 좀 맑아진 것 같은데 둑을 만들어 무슨 댐처럼 쌓았더라고. 물놀이는커녕 가까이 가지도 못하게 막아놨더라."

"나는 당신이 캠핑을 별로 좋아하지 않는 줄 알았지."

"글쎄, 캠핑을 좋아하는지 싫어하는지 잘 모르겠어. 어릴 땐 그저 어른들 따라다닌 거지 뭐. 어딘지도 모르고 재밌게 놀 궁리만 했으니까. 온종일 물속에서 첨벙대다 아빠가 잡은 물고기 구경하고. 꺽지, 동자개, 쏘가리, 모래무지, 그런 민물고기들."

"그런 물고기도 알아?"

"옛날엔 더 많이 알았던 것 같은데, 기억이 안 난다. 그렇게 놀다가 밥 주면 먹고 또 물에 들어가서 첨벙대고. 어떻게 텐트를 쳤는지, 이불이랑 갈아입을 옷은 어떻게 가져왔는지, 그런 고민 따윈 없었지. 하여튼 차도 없이 기차 타고 버스 타고 그 짐 들고 어떻게 다녔나 몰라."

"그러게 놀랍네."

"참, 그때도 자리싸움이 있기는 했다. 다리 밑이 명당이었거든. 해도 피하고 비도 피하고. 다리 밑에 자리 잡으려고 다들 난리였어. 한번은 소나기가 엄청나게 쏟아져서 거기 놀러 온 사람들 전부 다리 밑에 모였는데 비가 안 그치는 거야.

그래서 그 사람들하고 다 같이 밥해 먹었다. 재밌었어."

낯선 사람들이랑? 하고 그가 이해할 수 없다는 표정을 지었다. 응, 그땐 그랬어. 내 얘기를 들으며 그는 마음이 좀 누그러진 것 같았다. 한층 가라앉은 목소리로 그가 제안했다. 여기 말고 텐트 칠 만한 다른 곳을 찾아볼까? 나는 웃으며 대꾸했다. 그래, 다리 밑이라든가. 그도 피식 웃었다. 그가 차를 출발시켰고 나는 가방을 뒤져 아이에게 과자를 건넸다. 나 역시 배가 많이 고팠지만 우선은 잠잘 자리가 급했다. 이런 어둠 속에 텐트를 칠 만한 곳을 찾는 게 가능할까 싶은 생각도 들었지만 입 밖으로 내지는 않았다. 그가 차분해진 것만으로도 다행이다 싶었다.

차를 천천히 몰며 주변을 살폈다. 작은 캠핑장 몇 개를 지나며 차를 세우고 자리가 있는지 물었다. 하지만 돌아오는 대답은 한결같았다. 자리가 다 찼다고, 이런 성수기에 예약 없이는 불가능하다고. 혹시 늦게라도 오지 않는 팀이 있으면 연락할 테니 전화번호를 남기라는 말뿐이었다. 우리는 매번 같은 질문을 하고 같은 대답을 들으며 숲속을 달렸다. 그러는 사이 이 차선 도로의 중앙선이 없어졌고, 그러다 차 한 대만 지나갈 수 있는 좁은 길이 되었다. 게다가 비까지 조금씩 내리기 시작했다. 산속으로 깊이 들어갈수록 작은 캠핑장도 없었다. 계곡을 따라 간혹 토종닭 백숙, 민물 매운탕 따위의 간판이 걸린 식당만 보였다.

이대로 가다가 차를 돌릴 곳도 마땅치 않을 정도로 길이 좁아졌다. 나는 불안했고 배가 고팠다. 그도 마찬가지였는지 약간의 공간이 있는 곳에 차를 세웠다. 차를 조금씩 움직여 방향을 돌렸다. 앞뒤로 차가 움직일 때마다 시곗바늘이 회전하듯 헤드라이트는 차례로 길과 숲과 계곡을 비췄다. 나는 잠깐만, 하고 그의 팔을 잡았다. 계곡 위 널찍한 공터가 보였다. 그가 차를 길옆으로 바짝 당겨 세웠다. 랜턴을 꺼내 들고 확인해보겠다며 차에서 내렸다. 저 정도 넓이면 하룻밤 임시로 텐트를 치기에 무난하겠다고 생각했다. 그의 걸음걸이를 따라 랜턴이 흔들렸다. 빛을 받은 나무와 풀이 같이 흔들리는 것처럼 보였다.

잠시 뒤 돌아온 그가 어깨에 묻은 빗방울을 털어내며 말했다. 안 되겠어, 표지판에 주인 허락 없이 출입 금함이라고 쓰여 있어. 괜히 이런 데 텐트를 쳤다가는 또 쫓겨날지도 몰라. 오늘은 그냥 돌아가자. 내가 대답했다. 그래 산속 땅이라도 임자는 있겠지. 체념한 내 말투에 그가 대꾸했다. 그러게, 참 빈틈없는 세상이다.

그날 이후 그는 예약에 더욱 매달렸다. 하루에도 서너 번 사이트에 들어가 확인했다. 전화를 걸어 문제가 없는지 문의하고, 통장에서 계약금이 빠져나갔는지 찾아보기를 거듭했다. 장비를 사는 것도 여전했다. 랜턴 걸이를 샀고, 더치 오븐과 해먹 지지대를 샀다. 오랫동안 검색만 하던 수입 브랜드 텐트도 무리해서 장만했다. 거실 한편에 캠핑 장비가 쌓일수록 화분은 하나둘 다른 곳으로 옮겨졌다.

나는 아이가 학교에서 돌아오면 씻기고 간식을 준 뒤 문제집을 풀게 했다. 아이는 서너 문제를 풀고 나면 몸을 꼬며 딴청을 피웠다. 나는 시험을 못 보면 벌어질 일들을 아이에게 얘기했다. 공부를 못하면, 대학도 못 가고, 돈도 못 벌고, 네가 하고 싶은 일도 못 할 거라는 따위의 말들. 과장이란 걸, 이렇게 말해선 안 된다는 걸 알면서도 아이가 뒤떨어질까 두려웠다. 집중하라고 다그치면 아이는 입을 삐죽이면서도 책상 앞에 앉아 있긴 했다. 다행히 아이는 상위권 성적을 받아 왔다. 노력하면 더 잘할 수 있다고 아이를 격려했다. 칭찬의 뜻으로 피자를 시켜주었고 게임을 실컷 하라고 허락했다. 지나가는 말인 척 친구들의 점수를 물었지만 몰라, 하고 시큰둥한 대답이 돌아왔다.

장을 보고 돌아와 현관문을 열었다. 게임기에 코가 닿을 정도로 바짝 얼굴을 들이댄 아이가 보였다. 일부러 엄한 목소리를 흉내 냈다. 그렇게 가까이 보면. 말이 끝나기도 전에 아이가 반사적으로 게임기를 쭉 밀어냈다. 그 모습이 우스워

장난스럽게 아이 팔을 툭 쳤다. 우리 아들 시험도 잘 봤는데 오늘 저녁은 스테이크다. 아이가 두 손을 번쩍 들고 신난다, 하고 외쳤다. 내가 싱긋 웃어주자 아이는 다시 게임을 했다.

거실에 던져져 있던 가방을 가지고 아이 방으로 갔다. 흩어져 있는 문제집을 책장에 꽂았다. 지우개 가루를 쓸어내고 물티슈로 책상을 닦았다. 이불을 털어 반듯이 펴고 퍼즐을 상자에 담았다. 상자를 들고 침대 밑 서랍을 당겼다. 서랍 안 바구니마다 돌이 가득 들어 있었다. 서랍 앞에 쪼그리고 앉았다. 동그스름한 자갈, 모서리가 제법 날카로운 돌멩이, 깨진 보도블록 조각. 수북이 쌓인 돌 사이 지난 캠핑에서 주운 돌이 섞여 있었다. 반짝이는 철 성분이 섞인 짙은 회색 돌은 다시 봐도 밤하늘을 닮았다던 아이의 말이 꼭 맞았다.

밤하늘을 닮은 돌을 내려놓았다. 언제까지 돌을 모으려나 생각하며, 퍼즐 상자를 넣기 위해 바구니를 옆으로 밀쳤다. 그런데 또르르 구르는 소리가 들렸다. 서랍 뒤쪽에 손을 넣어 더듬었다. 꺼내 보니 유리구슬이었다. 보랏빛에 아이 주먹만큼 커다랗고 투명한 구슬. 둘레에 노란 띠가 둘러 있었다. 뭔가 닮았는데, 뭐더라, 그래, 고리가 있는 토성, 태양계에서 가장 아름다운 행성. 어릴 적 모으던 구슬에 행성 이름을 붙여주곤 했었다. 유리구슬을 들여다보고 있으면 그 속으로 빨려 들어가 천천히 우주를 헤엄치는 것 같은 착각이 들었다. 그곳은 꿈처럼 자유로운 공간이었다. 그 많던 구슬은 다 어디로 갔는지.

명왕성은 이제 행성이 아니라고 했던가 따위를 떠올리며 토성을 닮은 구슬을 한참 들여다보았다. 아이가 나를 닮아 돌을 모으는구나 싶었다. 구슬을 들고 아이에게 갔다. 이 구슬 어디서 났어? 예사로운 질문에 아이가 예상치 못한 태도를 보였다. 대답을 못 하고 머뭇거렸다. 고개를 숙이고 입을 비죽이 내민 모습이 뭔가 숨기는 것 같았다. 냉장고에서 물을 꺼내던 그가 무슨 일이야? 하며 다가왔다. 내게서 구슬을 건네받고 비싸겠는데, 하고 말했다. 이거 어디서 났어? 문구점에서 샀어? 아이가 고개를 저었다. 나는 그에게 상황을 맡기고 뒤로 빠졌다. 그가 구슬을 아이에게 들이밀며 다시 물었다. 친구가 선물로 줬어? 아이가 고개를 또 저었다. 그의 얼굴이 굳어졌다. 친구의 것을 뺏거나 훔친 것은 아닌지 하는 의심이 든 모양이었다. 그럼 어디서 났어? 목소리에 힘이 들어갔다. 아이는 죄를 지은 사람처럼 고개를 들지 못하고 대답도 하지 않았다. 의심이 확신이 되었다는 듯 그가 단호한 어조로 말했다. 아빠가 다른 사람 물건 함부로 가져오는 거 아니라고 했지. 그제야 아이가 억울한 목소리로 대답했다. 훔친 거 아니야, 주웠어요. 그가 눈을 무섭게 뜨고 말했다. 거짓말은 더 나빠, 이런 걸 어디서 주워. 아이가 훌쩍 눈물을 훔쳤다. 어디서 주웠는지 말하면 혼낼 거예요? 그가 목소리를 누그러뜨렸다. 솔직하게 말하면 안 혼낼게. 아이가 작은 소리로 대답했다. 저기.

아이가 손가락으로 창밖을 가리켰다. 아이에게 혼자 가지 말라고 당부한 동네가 있는 방향이었다. 위험한 곳이야, 무서운 사람이 있을 수 있어, 나쁜 짓을 당할지도 몰라. 그가 아이에게 과한 공포심을 심을 때마다 불편했지만 신경 쓰이기는 나도 마찬가지였다. 그가 엄한 표정을 지었다. 이번 한 번뿐이야. 다시는 가지 마. 알았어? 아이가 고개를 끄덕였다. 그가 아이의 등을 다독이고 구슬을 손에 쥐여주었다. 아빠의 부드러운 태도에 아이는 금방 웃었다.

"아빠, 그런데 왜 위험해요?"

"사람은 돈이 없으면 나쁜 생각을 하기도 해."

아이가 눈동자를 굴리며 곰곰이 생각하다 다시 물었다.

"나도 공부 안 하고 돈 못 벌면 나쁜 생각 하는 사람이 되는 거예요?"

그가 난감해하며 잠시 미간을 찌푸렸다. 그러나 곧이어 대답했다.

"그럴 수도 있어."

아이는 구슬을 들고 내게 쪼르르 달려왔다. 내 귀에 입을 바짝 대고 속삭였다.

"엄마 아니지?"

고개를 돌려 아이를 보았다. 뭐라고 대답해야 할지 망설여졌다. 아이의 머리 뒤쪽으로 수북이 쌓인 캠핑 장비들이 눈에 들어왔다. 새로 산 수입 텐트의 브랜드 로고가 선명했다. 나는 시선을 내려 아이 손에 놓인 구슬을 바라보았다. 구슬의 노란 띠를 따라 천천히 손가락을 움직였다. 그러다 다시 고개를 들어 아이와 눈을 맞추었다. 아이가 나를 빤히 쳐다보고 있었다.

새끼가 어미를 빤히 쳐다봅니다. 어미는 망설입니다. 그리고 마침내 새끼가 야생의 법칙을 배울 때가 되었다고 판단합니다. 그렁그렁한 새끼의 눈을 애써 외면하네요. 어미의 젖을 빨고, 아비가 사냥해 온 고기를 먹고, 무럭무럭 자란 새끼는 곧 야생의 세계로 나가야 합니다. 경쟁에서 살아남으려면 새끼는 배워야 할 게 많습니다. 약한 상대를 물리치는 법과 강한 상대에게 복종하는 법을 알아야 하죠. 싸움에서 이기기 위해 상대 약점을 찾아 물어뜯는 법을 어미는 가르칠 겁니다. 덜 자란 새끼는 처음에는 주저할 테죠. 하지만 어느새 어릴 적 같이 자란 형제의 목덜미에 이빨을 박는 법을 배우겠죠. 경쟁에서 이겨야 하니까요.

# 공존

눈이 자꾸 벽시계로 향했다. 너를 기다리는 건 아니었다. 내가 깨어 있는 한 들어오지 않을 테니. 너는 집 안 불이 꺼지고 내가 잠자리에 든 게 확실한 시간이 되어서야 집에 왔다. 그러니 초조할 이유는 없었다. 평소처럼 적당히 시간을 때우다 침대로 들어가면 그만이었다. 그런데 이상하게 조바심이 났다.

텔레비전을 켜고 사람들이 비 내리는 도심을 미친 듯이 달리는 장면을 오래도록 보았다. 머리끈을 풀어 다시 묶고, 목 뒤를 긁고, 다리를 펼쳤다 오므리고, 가끔 웃었다. 평범한 날이었다. 퇴근길에 포장해 온 도시락을 먹고, 어제도 그제도 입었던 치마와 티셔츠를 입고, 한 시쯤 잠자리에 드는 그런 날. 아무 일도 일어나지 않는다면 지나가고 잊어버릴 날.

너와 같이 저녁을 먹고, 영화를 보고, 산책을 하던 날들이 있었다. 내가 밥상을 차리고, 너는 설거지를 했다. 싱크대를 향해 돌아선 너의 바지 엉덩이는 늘어져 있었고 높은 확률로 얼룩이 묻어 있었다. 그때 우리는 무슨 얘기를 했을까. 기억나지 않았다. 무슨 말이라도 했겠지. 밥을 같이 먹는 부부는 대화를 하는 게 평범한 일이니. 말없이 마주 보아도 좋았겠지. 각자에게서 시작된 각별한 느낌이 에너지가 되어 공기의 파동으로 서로에게 전달되었으니. 한 공간에 있는 것만으로 울림이 실 전화기처럼 우리를 연결하고 있었으니.

밤 열두 시가 지났다. 나는 소파에서 몸을 일으켰다. 할 일을 잊은 사람처럼 집 안을 맴돌았다. 싱크대 앞에 가만히 있다 수도꼭지를 틀었다. 수도꼭지를 닫고 의자에 앉았다. 빈 식탁을 손으로 여러 번 훔치다 멈췄다. 손끝에 느껴지는 이물감의 정체를 확인하지 않고 검지로 계속 문질렀다. 거실 한가운데를 서성였다. 머릿속에 정체 모를 생각이 둥둥 떠다녔다. 생각은 선명해지는 것 같다가도 잡아채려 하면 순식간에 사라졌다.

밖으로 나가 놀이터 벤치에 앉았다. 몸을 뒤로 젖혀 등받이에 기댔다. 다리를 펴 앞으로 뻗고 아파트를 올려다보았다. 불이 켜져 있는 집이 셋. 흔들리는 나뭇잎에 맨 아래층 불빛이 가려졌다 드러나길 반복했다. 눈을 감았다. 오월 서늘한 밤공기가 팔을 스쳤다. 잠들고 싶다. 불어오는 바람 느끼며, 부딪치는 나뭇잎 소리 들으며, 이대로.

이대로, 굳어버리고 싶다, 거기서 생각이 흘렀다. 신혼 초,

이집트 특별전을 보러 박물관에 갔을 때였다. 이천 년도 넘게 굳은 채로 누워 있는 미라를 배경으로 네가 말했다.

—난 최대한 이상하게 죽을 거야.

너는 왼팔을 쭉 내밀고 오른팔을 직각으로 접어 위로 향했다. 벙벙한 패딩 점퍼 아래 다리를 양쪽으로 구부려 벌렸다.

—관 짜기 어렵게 죽을 거야, 이렇게.

—그래라, 관이 그 모양이면 지루한 장례식은 아니겠네.

나는 요상한 몸짓을 보고 웃음을 터뜨렸었다.

눈을 떴다. 나뭇잎 사이로 보이던 불빛이 꺼져 있었다. 이제 두 개. 오른손으로 왼팔을 쓸고 왼손으로 오른팔을 쓸었다. 왠지 소름이 돋았다.

너는 종종 엉뚱한 소리로 나를 미소 짓게 만들었다. 나는 네가 건져 올릴 재치를 은근히 기대했고 더 기발하게, 하고 조르곤 했다. 크고 납작한 텔레비전을 새로 산 날이었다. 마법 소녀가 주인공인 애니메이션이 나오고 있었다. 내가 장난삼아 말을 던졌다.

—저 시계 갖고 싶어. 알록달록 불빛 반짝이는.

—사줄까?

—저런 거도 돼야지, 생명의 빛 외치면 수호신이 나타나는 거.

—될 거야, 정품 사면.

나는 그럴 때마다 웃었고 너는 진지한 표정을 지었다. 네 표정을 보고 나는 더 큰 소리로 웃었다. 그러던 네가 더 이상 우스개를 하지 않았다.

소름 돋은 팔을 여러 번 문지르고 벤치에서 일어났다. 걸어가며 다시 아파트를 올려다보았다. 또 한 집 불이 꺼졌다. 이제 한 개. 우리 집만 남았다. 나는 작은 소리로 욕을 내뱉었다.

현관문을 열자 익숙한 클래식 음악이 들려왔다. 텔레비전이 켜져 있었다. 혹시나 했지만 신발은 스팽글이 달린 내 구두뿐이었다. 리모컨 전원 버튼을 누르려다 온통 초록으로 가득 찬 화면을 보고 멈췄다.

무성한 수풀을 타고 바람이 지나간다. 길게 자란 풀들이 뒤집히고 엎어지고 쓰러진다. 검은 동물 한 마리가 사이를 가르며 지나간다. 검은 동물이 지나간 길을 흔들리는 풀이 흔적 없이 지운다. 카메라가 서서히 줌아웃 된다. 모든 게 점점 멀어지고, 출렁이는 수풀은 풍경이 된다. 우리 곁에 있지만 다가갈 수는 없는 공간. 내레이터는 없는, 하는 낱말을 없, 는, 이라고 끊어 읽는다. 발음이 단호하다. 가까이 갈 수 없는 곳. 내레이터는 어떤 이견도 용납하지 않겠다는 듯 다시 한 번 단호하게 반복한다. 화면이 바뀌고 고라니가 검은 동물이 지나간 길을 따라 뛰어간다. 고라니가 불쑥 방향을 바꾸고, 그 뜀박질에 잔가지가 부러진다.

코이그지스트, 공존의 땅? 나는 화면 상단에 쓰인 글자를 따라 읽었다. 풀과 바람과 나무와 동물을 한동안 바라보다 베란다로 나갔다. 십 층 아래 가로등이 비춘 주차장에 차들이 줄지어 서 있었다. 저만치 차 한 대가 아파트 정문을 통과했다. 차를 주시했다. 눈을 찌푸리고 네 차인지 확인하려 애썼다. 헤드라이트 때문에 차종조차 구분하기 어려웠다. 중앙 현관 앞까지 온 차는 이중 주차 상태로 다른 차들 앞에 섰다. 시동도 헤드라이트도 끄지 않았다. 차 뒤로 흰 연기가 흩날렸다. 어느 쪽으로도 치우치지 않는 줄다리기 같은 시간이 흐르고, 차는 여전히 꼼짝하지 않았다.

너와의 대화가 줄어가면서 나는 상황을 받아들이기로 했다. 나한테 주어진 삶의 질이 딱 이만큼이라고 스스로를 설득했다. 내 노력이나 능력과는 상관없다고, 내 덕도 네 탓도 아니라고, 어찌해볼 도리 없이 벌어지는 삶이라고. 그것이 설령 내 삶이라도 그럴 수 있다고.

그러자 갈등이 사라졌다. 끊임없이 머리를 휘젓던 고민이 사라졌다. 목표가 없으니 노력할 필요가 없었고, 희망이 없으니 좌절도 없었다. 내가 그렸던 진정한 소통과 기꺼운 삶은 불가능하다는 걸 받아들였다. 그건 포기가 주는 안정감이고, 슬픈 편안함이고, 멍한 착지감이었다.

행복하지 않아도 된다는 안도였다. 불행해도 죽지는 않을 거라는, 절망이 주는 안도였다. 그건 또 하나의 평안한 일상이었고 나쁘지 않았다. 나는 그냥 살면 된다고 생각했다.

컵에 물을 따르고 식탁 구석에 놓인 약병을 집었다. 플라스틱 통이 제법 묵직했다. 위아래로 흔들자 차륵 하고 알약 부딪치는 소리가 났다. 한참 동안 약병 뚜껑을 만지작거렸다. 물을 마시고 반쯤 빈 컵에 다시 물을 채웠다. 컵과 함께 약병을 나란히 식탁 중앙에 두고 방으로 들어갔다.

베개에 얼굴을 묻고 울었다. 베개를 적실 정도는 아닌, 그렇지만 눈물이 나온다는 걸 알 만큼 아주 적은 눈물이었다. 너와 함께 누워 있던 때에도 나는 가끔 이렇게 울었다. 내가 말이 없다 뜬금없이 너를 안으면 너는 손으로 내 얼굴을 훑었다. 그때마다 나는 울고 있지 않았다. 네가 돌아누워 잠들면 눈물이 나왔다. 나의 눈물과 너의 손길이 만나는 일은 일어나지 않았다. 그런 건 영화에나 나오는 장면이니까. 내 삶은 영화가 아니니까. 아무도 모르는 울음을 흘릴 때의 절망을 너는 결국 몰랐다.

이른 아침 다급하게 문 두드리는 소리에 잠을 깼다. 나는 맨발로 뛰어나갔다. 사람들이 모여들었고, 사이렌 소리가 요란했다. 지난밤 차가 이중 주차 되어 있던 그 자리에 네가 누워 있었다. 머리 뒤로 피가 흥건했고 팔과 다리는 절대 꺾일 수 없는 방향으로 꺾여 있었다. 사람들은 얼굴을 돌리고, 손으로 눈을 가렸다. 나는 머리를 감싸 쥐고 주저앉았다.

경찰이 여러 번 찾아왔고, 나 역시 여러 번 경찰서에 불리어 갔다.

—집에 수면제가 있던데, 누가 먹는 겁니까?

—글쎄요. 주로 제가 먹지만, 그가 먹었을 수도 있어요.

—그렇게 말씀하시면 곤란합니다. 참고로, 남편분 몸에서 수면제 성분이 나왔어요.

—정확히 말씀드리고 싶지만 솔직히 잘 모르겠어요.

—남편분이 평소 우울증이라든가 자살의 징후를 보인 적이 있습니까?

—딱히 그런 건 없었어요.

—원한을 가질 만한 인물은요? 싸웠다든가 그런 거.

—원한을 살 만한 사람이 아니에요. 제가 기억 못 하는 건지 모르지만.

—평소에 이상한 말을 한다든가 그런 적은 없었습니까?

—어떤 걸 말씀하시는 거죠?

—일반적이지 않은, 마음에 걸리는 말을 한 적이 있냐는

거죠.

—그게 중요한가요? 음, 구름은 보기보다 가깝다는, 아닌가, 보기보다 멀다고 했던가. 아무튼 그런 말 말이죠? 그게 이상한가요? 저는 가끔 혼자 욕을 하거든요. 누구나 그 정도 알 수 없는 면은 있잖아요.

—아, 모든 걸 부정확하게 말씀하시네요.

—저 때문일까요? 제가 기억력이 나빠 남편이 짜증을 자주 냈어요. 전 그게 어려워요. 어떤 건 없었던 일처럼 깡그리 잊어버리죠. 그럴 때마다 남편이 가르쳐주곤 했어요. 네가 겪은 일은 이런 것이다 하구요. 그거야말로 이상한 일이잖아요. 내 기억을 다른 사람이 알려주는 거.

경찰에게 한 말은 거짓이기도 사실이기도 했다. 세세하게 말하지 않은 건 제대로 이해시킬 자신이 없었기 때문이다. 나는 잊는 것이 많은 만큼 기억하는 것도 많았다. 나는 너와의 첫 키스를 기억한다. 네가 먼저 다가왔는지, 내가 먼저 다가갔는지, 언제 어디였는지 기억하지 못한다. 하지만 네가 나를 안으며 손에 들고 있던 우산이 내 등에 닿아 떨리던 감촉을 기억한다. 적금을 타 중고차를 사고 하늘이 바다 같던 날 떠났던 여행을 나는 기억한다. 어디였는지, 어쩌다 그리 큰 나무를 발견했는지, 왜 졸음이 쏟아졌는지 기억하지 못한다. 하지만 의자를 젖히고 차창을 열고 낮잠을 자다 깨었을 때 네 얼굴에 어른거리던 나뭇잎 그림자를 기억한다. 사건이 아닌 느낌, 상황이 아닌 이미지, 데이터가 아닌 윤곽. 그런 게 내가 기억하는 거였다. 방향도 모르고 걸으며 길옆 빵가게 간판 색을 바라보는 길치의 기억처럼.

내가 이집트 특별전에 관한 기억을 꺼냈을 때 너는 람세스 2세가 히타이트와 맺은 평화 조약의 과정과 미라가 만들어진 연도와 특별관 입장을 위해 별도로 지불한 푯값에 대해 얘기했다. 입장료 할인을 받은 신용카드가 얼마나 유용했는지 말하며 기억의 동의를 구했다. 내 의아한 표정에 너는 실망했고 반복해서 설명했다. 나는 '지켜보는' 조각의 자세가 진심으로 지켜보게 생겼더라며 웃었고, 수천 년 동안 지켜봤을 장면들을 상상하면 아득한 감정이 든다고 말했다. 너는 '지켜보는' 조각이 아니라 'block statue'가 정식 명칭이라고 수정했다. 나는 말없이 고개를 끄덕였다.

네가 기억하는 것들 앞에서 나는 주눅이 들었다. 매표소 옆 플래카드가 파랗다 못해 검어 보일 정도로 짙은 색이었고, 골바람이 세서 펄럭이다 넘어질까 걱정되더라는 기억은 네게 쓸모도 의미도 없었다. 너는 지루해했고 종국에는 관두자 하는 표정으로 고개를 돌렸다. 나는 하찮고 초라해진 기억을 간직할 공간을 찾지 못해 네 옆자리에 있을 수 없었다.

조사를 맡은 경찰은 비슷한 패턴의 질문을 몇 번이고 반복했다. 나 역시 계속 같은 대답을 했다. 경찰은 가끔 의심스러워하는 기색을 보였지만 대부분 이해할 수 없다는 태도였다. 때로는 한심하다는 표정을 지었다. 그러면서도 뭔가를 더 알고 싶어 하는 것 같진 않았다. 몇 차례 조사가 끝나고 너의 죽음은 자살로 마무리되었다.

보름간 냉동실에 있던 너는 반듯한 모습으로 돌아왔다. 장의사가 염을 한 몸은 곧게 펴져 있었고, 얼굴과 손은 깨끗이 닦여 있었다. 수의를 입은 모습은 단정하고 편안해 보였다. 네가 떠난다면 딱 한 번은 잡을 거라던 결심은 소용없어졌다. 행복을 빌기까진 못하더라도 잘 보내주고 싶었는데. 내가 내민 손을 네가 밀칠 수 있도록, 그래서 네가 미련도 후회도 없이 모두 털고 떠날 수 있도록, 딱 한 번은 잡고 싶었는데.

너를 일자로 길쭉한 평범한 관에 담으며 나는 오열했다. 관 짜기 어렵게 죽을 거라던 말 때문이 아니더라도, 우리가 마주 보고 웃던 시절을 위해 네가 마지막 지은 몸짓대로 보내주고 싶었다. 하지만 네 형에게 차마 그 말이 나오지 않았다.

네 형은 장례를 치르고 딱 한 번 나를 찾아왔다. 폭염이 지속되던 여름, 카페에서 아이스 아메리카노를 앞에 두고 나를 기다리고 있었다. 투명한 유리잔에 맺힌 물방울이 탁자로 흘러내렸다. 네 형은 너에 대한 기억을 흔들리는 표정에 섞어 이야기했다. 어릴 때부터 공부를 잘했다고, 개울에서 그물 없이도 맨손으로 물고기를 잡는 재주가 있다고, 뭐든지 잘 기억해 늘 칭찬을 받았다고, 대학 때 부모님이 돌아가신 뒤 사느라 바빠 서로 소원해졌다고. 네 형의 기억 속에는 내가 아는 너도, 모르는 너도 있었다. 나는 고개를 끄덕이며 이야기를 들었다. 네 형이 남은 아메리카노를 한 번에 들이켜고 물었다.

— 제수씨, 낌새가 전혀 없었나요?

— 네, 원체 말이 적어서요.

— 그렇죠.

너는 말수가 적고, 필요하다 여기는 말만 하는 편이었다. 그런데 언젠가부터 필요한 말조차 줄어들었다. 네 말에서 주어와 목적어가 사라지기 시작했다. 못 하겠어, 하는 식이었다. 누가 뭐를 못 하겠다는 건지. 나는 이해하지 못했고, 너는 단번에 알아듣지 못하는 나를 답답해했다. 나는 더 자세히 설명해주길 원했고, 너는 충분히 말했다고 느꼈다.

말이 없는 건 너였는데, 말이 많아진 건 나였다. 내 말에 사족이 늘어갔다. 네가 나처럼 이해하지 못할까 봐 걱정되어서였다. 너는 쓸데없이 길어지는 얘기에 집중하지 못했다. 나처럼 말하지 않기 위해 너는 더 짧게 말하기 시작했다.

나는 지쳐갔다. 너도 마찬가지였겠지. 우리는 스스로를

지극히 평범하다 여기며, 상대를 평균 이상이나 이하라고 비난했다. 용건만 간단히 말하라는 너의 비난에 나는 화가 났고, 자세히 좀 말하라는 나의 채근에 너는 입을 다물기로 결정했다.

한마디 대화도 하지 않는 날이 늘었다. 대신 너는 혼잣말이 많아졌다. 나와 마주 앉아 혼자 무슨 말인가를 중얼거렸다. 나는 그 모습이 뭔가를 삼키는 행위와 닮았다고 생각했다. 먹을지 말지 머뭇거리던 홍어를 간신히 삼키는 모습 같다고. 너무 커서 입 속에서 굴리기만 하던 알약을 꿀꺽 넘기는 결심 같다고. 남의 간식을 슬쩍 먹은 뒤 이 정도는 괜찮다고 스스로를 다독이는 모양 같다고. 너의 입 밖으로 나온 말은 그렇게 내가 알아들을 수 없도록 네 목 뒤로 사라졌다. 뭐라고? 하고 물으면 너는 눈을 동그랗게 뜨고 무슨 일 있었냐는 표정을 지으며 나를 쳐다보았다.

나는 뒤돌아 욕을 하기 시작했다. 마음속으로 욕을 되뇌었다. 그것이 반복되자 작은 소리로 허공에 욕을 할 수 있게 되었다. 네가 듣지 않는 곳에서 수시로 욕을 했다. 자주 하다 보니 위로가 되었다. 위로받고 싶어서 욕했고, 욕하고 싶어 너를 바라보지 않았다.

나는 네 형에게 원체 없는 말수마저 줄어간 너에 대해 말하려고 했다. 그때 카페 여기저기서 요란한 소리가 울렸다.

테이블마다 사람들이 분주히 움직였다. 나도 급하게 가방에서 핸드폰을 꺼냈다. 폭염 경보였다. 카페는 다시 조용해졌고, 바이올린 소리만 남았다. 나와 네 형은 서로에게 잘 살라 말하고 헤어졌다.

기상관측 사상 최대의 폭염이 지나가고 여당과 야당이 바뀌고 암호화폐 가치가 폭락했다. 나는 출근하고 퇴근하고 편의점 도시락을 사고 텔레비전을 보고 한 시에 잠자리에 들었다. 슈퍼를 가거나 재활용품을 내놓는 날이면 나를 향한 시선이 느껴졌다. 친분이 있기는커녕 안면도 트지 않은 사람들이었다. 죽은 남자의 아내라는 이유로 그들은 나를 힐긋거렸다. 딱하다는 듯, 의심스럽다는 듯, 숨겨진 내막이 궁금하다는 듯 나를 보았다. 오히려 알고 싶은 건 나였다. 왜 우리에게 이런 일이 일어났을까요, 되묻고 싶었다.

네가 없어도 일상은 이어졌다. 회사에 복귀했고, 안쓰러운 표정을 짓거나 말 걸기 부담스러워 피하던 동료들도 차츰 평상으로 돌아갔다. 나 역시 관성대로 움직이면 저절로 살아졌다. 예상치 못한 순간에 불쑥불쑥 침범하는 너를 곁에 두고, 일하고 걷고 먹는 데 익숙해졌다. 아파트 주차장을 가로지를 때면 바닥에 희미하게 남은 흔적을 피해 고개를 돌렸다.

회사 알림 메신저가 울렸다. 삼십 분 후 B사 수주 담당자 회의. 3회의실. 이번 콘셉트는 동물이었다. 회의에선 개, 고양이, 판다, 카멜레온, 야생마, 펭귄, 기린, 다양한 의견이 나왔다. 유니콘은 어떠냐는 제안도 있었다. 이어 해태, 봉황, 불사조, 드래곤 같은 상상 동물이 쏟아졌다. 다이어리를 펼쳐놓고 메모한 동물 이름을 하나씩 눈으로 읽었다. 스핑크스까지 쓰여 있었다. 옆에는 커다랗게 단순, 역동이라고 메모해놓았다.

팀 미팅이 끝나고 오후 내 픽사베이를 뒤졌다. B사에서 상상 동물이 아니면 좋겠다는 메일이 왔다. 실제 동물로 콘셉트가 좁혀진 건 다행이었다. 동물 사진만 수백 장을 보았다. 그래픽으로 따내기 수월한 사진이어야 했다. 윤곽이 뚜렷하고, 색의 대비가 명확하고, 색감이 선명한 사진일수록 좋았다. 조건에 맞는 사진을 십여 개 추렸다. 다음부터 어려운 작업이었다. 겨우 골라 그래픽 작업을 거치면 도형처럼 딱딱한 이미지가 되고 말았다. 퇴근 시간이 지나도록 적절한 사진을 찾아 포토샵에 얹었다 버리기를 반복했다.

이미지를 단순화시킬수록 역동성은 사라지고 자를 대고 그은 것처럼 변했다. 역동성을 살리려면 단순은커녕 섬세한 디테일이 필요했다. 단순과 역동이 공존하는 동물이라니, 까다로운 요구였다. 차라리 손으로 그리고 말지. 한숨이 절로 나왔다. 한숨 소리를 듣고 맞은편 박 대리가 말을 걸었다.

—왜? 잘 안 돼?

—단순과 역동, 불가능하진 않을 거 같은데 어렵네.

—뭐, 둘이 모순은 아니니까. 보완관계도 아니고. 남자, 여자 같은 건가. 모르겠다. 어차피 내일 초안이잖아.

—그렇긴 하지.

—퇴근하자. 곧 이사한다며, 집에 가서 짐이나 싸든가.

만들어놓은 시안 중 두 장을 골랐다. 메모장을 띄워 미팅에서 논의된 내용과 어긋나는 점이 없는지 체크했다. 제출할 초안을 USB에 옮기고 프린트를 했다. 피곤했지만 쉽게 일어나지지 않았다. 포털 사이트에 들어가 메인에 뜬 기사들을 눈으로 훑었다. '부부 싸움 끝에 아내 살해'라는 기사에서 스크롤을 멈췄다. 경기도 양평에서 부부 싸움 뒤 남편이 아내를 죽이고, 시신을 유기한 사건이었다. 범인이 잡힌 결정적 단서는 시체 유기 시 사용한 가방과 자동차였다. 기사 한쪽에 CCTV를 캡처한 화질이 좋지 않은 사진이 함께 실려 있었다. 남편은 아내를 죽인 이유를 묻는 기자의 질문에 아내가 팔십만 원을 훔쳐서라고 대답했다. 우리에겐 무슨 이유가 있었을까.

우리 사이를 돌이킬 수 없으리라 예감한 건 네가 음식을 씹는 소리가 들리면서였다. 식습관이 바뀐 것도 아닌데 어느 날 먹는 소리가 들렸다. 국을 마실 때 후루룩 소리, 입을 벌려 씹을 때 쩝쩝 소리가 거슬렸다. 입 밖으로 나온 숟가락에 붙은 밥풀과 반찬을 뒤적이는 너의 젓가락이 보였다. 애써 외면했지만 네 먹는 소리에 나는 멀미를 했다.

네가 죽던 날 나는 깊이 잠들지 못했다. 몽롱한 상태로 현관문이 열리는 소리를 듣고 잠에서 깼다. 집 안은 조용했고, 나는 한참 뒤척였다. 일어나 방문을 열었을 때 식탁 의자에 힘없이 앉아 있는 네가 보였다. 부러진 나뭇가지처럼 목을 꺾은 네가.

방문 손잡이를 잡은 채 너를 바라보았다. 주방 조명등이 비춘 너의 목덜미에 깊이 굴곡을 이룬 힘줄이 보였다. 어깨에서 시작해 두 갈래로 갈라진 힘줄이 귀 뒤로 사라지고 있었다. 단단한 힘줄이 완고한 너의 의지를 대변하는 듯했다. 네가 한 번쯤 내 쪽을 보기를 바랐지만 너는 고개를 들지 않았다. 내가 거기 서 있는 걸 아는 이상 돌아보지 않을 걸 알고 있었다. 나는 잡고 있던 방문 손잡이를 놓았다.

퇴근 시간이 지난 지하철에는 사람이 적었지만 빈자리도 없었다. 백팩을 멘 학생 옆에 섰다. 카톡, 하는 소리가 연달아 들렸고 학생은 핸드폰에 빠르게 글자를 썼다. 나는 앞으로 한 칸을 더 걸어갔다. 문 앞에 남녀가 있었다. 여자는 기둥에 몸을 기대고 있었고, 남자는 여자와 마주 보고 있었다. 나는 남자 등을 초점 없는 눈으로 흘겼다. 좀 더워 보이는 가죽점퍼 외에 특별한 점은 없었다. 둘은 평범한 연인의 자세였다. 내가 다음 역을 알리는 안내판으로 시선을 돌리려는 찰나 여자가 입술을 남자 입으로 가져갔다.

그 모습에 시선이 붙들렸다. 키가 작은 여자가 까치발까지 했지만 입술이 닿기 직전 남자가 고개를 돌렸다. 여자가 남자 얼굴에 손바닥을 대고 자신 쪽으로 돌렸다. 남자 앞섶을 양손으로 움켜쥐고 다시 입술로 다가갔다. 남자가 여자 가슴팍을 밀쳐냈다. 여자가 남자 손을 당겨 자신의 허리에 감았다. 남자는 거부하지도 동조하지도 않았다. 외면했다. 연인이 아닌가. 머리를 떨군 여자에게서 원하는 바를 이루지 못한 좌절감이 느껴졌다.

여자가 얼핏 고개를 돌렸고, 그 얼굴을 보고 나는 또 당황했다. 여자는 아이였다. 열다섯 살 정도. 앳된 얼굴이겠지, 생각하더라도 기껏해야 고등학생 정도로 보였다. 남자는 서른은 돼 보이는데. 이게 무슨 상황이지. 어떻게 받아들여야 하지. 여자아이는 줄곧 남자를 바라보았다. 남자 시선은 무심하게 다른 곳을 향했다. 아이는 눈빛을 보내고, 남자 팔을 잡아 흔들고, 남자의 표정을 살폈다. 나 여기 있다고, 나 좀 봐 달라고 애걸하고 있었다. 사랑을 받지 못할까 봐 불안해하고 있었다.

저 아이처럼 안절부절못하던 때가 있었는데. 네가 문제를 내면 답을 찾고 싶어 초조하던 때가 있었는데. 네 잘못이 아니었다. 질문을 던지고 이의를 제기하는 건 네가 맡은 역할이니까. 답을 고심하고 진의를 해석하는 게 내 역할이니까. 하지만 답은 언제나 네 안에 이미 있었다. 그러니 내가 찾아낸 건 틀릴 준비가 된 답이었다.

나는 네가 생각하고 있는, 그러나 말하진 않은 그 답을 맞히고 싶어 문제를 받은 어린아이처럼 조바심을 냈다.

—오늘 뭐 먹을까?

—부대찌개.

—찌개가 좋나?

그러면 나는 찌개가 좋은지 생각했다. 찌개가 좋나? 하는 되물음이 찌개가 싫다는 의미로 들렸다. 곱씹다 보면 둘이 먹기에 찌개가 적당하지 않은 것 같아졌다.

임신을 했을 때도 그랬다. 너와 나는 아기를 갖지 않기로 결정했었다. 그런데 딱 한 번 피임을 하지 않은 날 임신이 되었다. 며칠을 혼자 고민했다. 아무리 생각해도 답이 없었다. 아기를 낳고 싶지 않았지만, 이미 생긴 아기를 지울 수도 없었다. 가장 큰 문제는 약이었다. 삼 개월이 되도록 임신 가능성을 생각하지 못하고, 수면제부터 독감약까지 함부로 약을 먹었다. 술도 여러 번 먹었다. 한편으론 그런 이유 모두 아기를 낳지 않으려는 핑계는 아닌지 자책했다. 이런 얘기를 하던 날, 너는 말했다. 네 몸이니 결국엔 네가 결정해야지. 나 혼자의 일이라고 못 박는 태도로 느껴졌다. 서운하면서도 네 말이 맞다고 생각했다. 내가 정할 문제구나, 너는 아기를 원하지 않는구나. 나는 수술을 했고, 너는 옆을 지켰다.

세수를 왜 해야 하냐고 묻는 너를 상상해본 적이 있다. 나는 세수를 왜 해야 하는지 곰곰이 생각한다. 자꾸 고민하다 보면 세수를 꼭 해야 하는지 의문이 든다. 세수를 당연하게 여긴 나를 반성한다. 질문을 던진 너의 잘못이 아니다. 되돌아보는 내 습성이 문제다. 나를 생각하지 않고 너를 생각하는 내 습성, 항상 확신을 유보하는 내 습성. 그러니 네가 공격적으로 변해간 건 내가 원인일 수도 있다. 우리는 노력할수록 서로를 갉아먹는 기질을 지녔을지 모른다.

지하철 문이 열리고 남자와 여자아이가 내렸다. 나도 따라 내렸다. 무얼 확인하고 싶었던 건지. 내가 내릴 곳을 몇 정류장 지나친 역이었다. 둘은 나란히 걸어갔다. 뒤에서 본 키 차이가 확연했다. 아이 정수리가 남자 어깨높이였다. 아이는 걸으면서도 계속 남자를 보았다. 남자가 잠깐 아이를 보았고 손에 깍지를 꼈다. 그제야 아이 표정이 환해졌다. 신이 난 듯 발걸음이 경쾌해졌고 뒤꿈치를 들썩였다.

옷을 벗어 세탁기에 넣고 샤워를 했다. 옷장엔 여전히 너의 옷이 들어 있었다. 일주일 뒤 이사였고 정리를 해야 했다. 빈 상자를 가져와 옷걸이에 걸린 네 바지를 넣었다. 코트와 와이셔츠도 넣었다. 서랍을 당겨 개어진 옷을 꺼내다 하늘색 줄무늬 티셔츠를 발견했다. 잠시 고민하고 바닥에 내려놓았다. 그건 네가 준 선물이었다.

너는 기념일에 혼자 선물을 준비한 적이 없었다. 언제나 내게 무엇이 필요한지 물었고, 매장에 같이 가서 골랐다. 네게 상대의 의향을 묻지 않고 선물을 사거나 깜짝 이벤트를 하는 건 상상할 수 없는 일이었다. 필요한 게 없다고 답하면 선물은 없었다. 그런 네가 아무 기념일도 아닌 날, 리본까지 묶인 상자를 내밀었다. 이미 식사를 따로 하고 잠을 따로 자던 때였다. 이혼을 한 달에 한 번, 일 년에 열두 번 생각하던, 생리 때문이라고 지나면 나아질 거라고 무력하게 견디던 때였다.

티셔츠는 내 취향이 아니었다. 블라우스라고도 티셔츠라고도 할 수 없는 애매한 디자인에 가로 줄무늬가 있었다. 그래도 네가 직접 고른 선물이 고맙다 말하고 싶었다. 네가 내민 손길에 답하고 싶었다. 하지만 어떤 표정을 지어야 할지 몰랐다. 기쁜 표정을 짓기엔 서먹했고, 부드러운 말을 하기엔 끊지 못한 감정이 많았다.

그날 나와 너는 오랜만에 한 침대에 누웠다. 구체적 정황은 기억나지 않는다. 같이 침대에 들어가는 게 어떻게 동의되었는지, 누가 먼저 말을 꺼냈는지, 아니면 말없이 몸이 움직였는지. 난 항상 중요한 걸 잊고 사소한 걸 기억한다. 우리는 잠자코 안고 있었다. 서로의 몸을 탐색하지도, 입을 맞추지도, 대화를 하지도 않았다. 성을 모르는 어린아이들처럼, 성욕이 없는 무성애자처럼 안고만 있었다.

그래도 너를 안는 느낌이 좋았다. 감정이 복잡해도, 마음이 불편해도, 섹스를 하지 않아도, 이상하게 네 살이 좋았다. 몸을 안고 살을 맞대고 있으니 편안했다. 익숙함이든, 결혼생활이든, 인간의 근본적 외로움이든, 그 무엇이든 간에, 그 맞닿음 때문에 살아왔다고 생각했다. 다시 한번 괜찮아질 거라는 희망을 가졌다.

그런데 그 밤, 네가 혼잣말로 삼키는 말을 들었다. 잔인한 년.

네 몸을 안고 있던 맥락 사이 어떻게 그 말을 들었는지, 너는 왜 그 말을 했는지 기억하지 못한다. 너라면 몇 월 며칠, 어떤 일로 우리 사이는 완전히 무너졌다고 기억할 텐데. 이유를 설명해주진 않아도 앞뒤 정황은 알려줄 텐데.

나는 줄무늬 티셔츠를 집어 상자에 담았다. 상자가 가득 찼다. 커다란 쇼핑백을 가져와 보이는 대로 네 물건을 담았다. 내게는 정말 쓸모없는 기억들뿐이다. 그 말을 듣고 나는 꼼짝하지 못했다. 방 밖으로 나가지도 않았고, 아무 말도 하지 않았다. 압박감을 견디는 사이 너는 말없이 일어나 밖으로 나갔다. 나는 밤이 깊도록 답을 찾기 위해 고심했다. 잘못 들었나? 내 어디가 잔인하단 걸까? 고맙다고 말하지 않아서? 내 도시락만 사 와서? 내가 낙태 수술을 해서? 숨 쉬기 버거울 정도로 가슴이 조여왔다. 침대를 나와 방문을 열었다. 네게 물을 작정이었다. 내가 왜 잔인한데, 너는 얼마나 잔인한 줄 알아?

너는 소파에 잠들어 있었다. 옆으로 누워 손은 가슴께에 모아 쥔 채 등을 살짝 구부리고 무릎을 접어 올린 자세였다. 실컷 뛰어놀다 잠든 어린아이처럼 앞머리는 땀으로 뭉쳐 갈라지고, 꼭 감은 속눈썹은 가지런했다. 나는 솟구치던 분노를, 뭐라도 해보려던 의지를, 맞닿았을 때의 편안함을, 고마웠던 마음을 순식간에 놓아버렸다. 날 괴롭히려는 의도가 없다는 걸 안다. 관계란 가만히 있으면 저절로 약자와 강자 역할이 생기니까. 계속 각성하고 예민하게 감각하지 않으면 만성이 되는 법이니까. 그건 졸리면 자고 배고프면 먹는 것처럼 본능이고 생존이니까. 또다시 네가 안쓰럽다. 매번 너는 그 안쓰러움을 적절히 이용할 줄 안다. 나는 너를 원망하지 않는다. 다만 내가 느끼는 안쓰러움이 혐오스러울 뿐이다. 이 감정을 없애고 싶다. 하지만 내 정체성을 깨면서까지 노력할 자신도 없다. 혼자 노력한다고 될 일도 아니다. 나는 이 반복에서 벗어날 수 없구나. 방법은 둘 중 하나가 죽는 거. 네가 죽어주면 좋겠다. 하지만 나는 아무것도 하지 않는다. 툭툭 가슴이 끊어지는 소리를 듣는다. 내 안에서 내 밖에서 가슴이 끊어지는 소리를 듣는다.

쇼핑백이 가득 찼다. 옆 옷장을 열어 네 옷들을 마구 꺼냈다. 꺼낸 옷들을 침대 위로 집어 던졌다. 네 옷이 보이지 않을 때까지 멈추지 않았다. 침대가 옷으로 뒤덮였다. 침대에 엎드렸다. 그리고 침대가 젖을 정도로 울었다. 우리 만남이 즐거움 때문이었다면 이별은 지루함 때문일지도 몰랐다. 침대에 얼굴을 문지르며 나는 또 사소한 기억 하나를 떠올렸다.

—저 영화처럼 우리 인생에도 배경음악이 흐르면 좋겠다, 별일도 아닌데 괜히 신나잖아.

—그럼 인생도 편집본이어야지. 원본에 음악이 깔려도 신나는 건 잠깐일걸.

—그렇겠네. 저 주인공은 하루 종일 운전하는 거니까. 즐거운 모습만 편집돼서 그렇지, 실제론 지루할 거야.

—그렇지.

—그럼 우리 인생도 편집되면 좋겠다.

나는 또, 네 말이 맞다고 생각한다.

# 모래 케이크

아이는 꼼짝하지 않았다. 벌써 삼십 분째였다. 창으로 들어온 햇빛이 거실 바닥을 가로질러 맞은편 벽에 닿았다. 빛이 지나는 길을 따라 장판이 반질거렸다. 아이는 얼굴에 햇빛을 받으며 거실 창문을 향해 앉아 있었다. 뿌연 유리창은 닫혀 있어 밖이 보이지 않았다. 그래도 아이는 고개를 들어 닫힌 창문만 바라보았다. 햇빛을 받아 아이의 검은 머리가 하얗게 빛났다. 정수리에 솟은 머리카락 몇 가닥이 반짝였다. 다른 아이들이 소리를 지르며 아이의 앞뒤로 뛰어다녔지만, 아이는 쳐다보지도 피하지도 않았다. 오래전부터 그곳에 놓여 있던 화분처럼 가만히 있을 뿐이었다. 커다란 창문 앞에 앉은 아이의 등이 작았다.

나는 다가가 아이의 옆에 앉았다. 햇빛 때문인지 아이가 눈을 찌푸렸다. 아이의 등에 손을 얹었다. 아이가 먼저 말을 걸어주기를 기다렸다. 아무 반응이 없었다. 손으로 아이의 등을 쓸었다. 여전히 아이는 그대로였다. 어쩔 수 없이 내가 먼저 말을 건넸다. 간식 시간이야, 배즙 먹을래? 그제야 아이가 고개를 돌렸다. 얼굴은 나를 향하고도, 눈동자는 나를 보지 않았다. 아이의 시선은 내 얼굴을 지나 허공에 머물렀다. 나는 돌아보지 않았다. 아이가 보는 곳에는 아무것도 없을 거였다. 다시 아이에게 말했다. 배즙 먹을래? 아이가 대답했다. 물 주세요. 나는 꽃이에요. 꽃은 물과 햇빛과 흙을 먹어요. 지금 햇빛을 먹고 있으니까, 물을 주세요. 나는 식탁으로 가 컵에 배즙을 따랐다. 식탁에는 다른 아이들이 마시고 올려놓은 컵들이 아무렇게나 어질러져 있었다.

컵을 들고 아이의 옆에 앉았다. 꽃. 나의 부름에 꽃이 돌아봤다. 꽃이 웃었다. 꽃의 웃음은 이름이 아닌, 꽃이라 불러준 것에 대한 아이의 화답이었다. 꽃에게 컵을 내밀었다. 꽃은 컵 속에 담긴 갈색 액체를 들여다보았다. 꽃의 얼굴에서 웃음이 사라졌다. 나는 낱말마다 힘을 주어 말했다. 꽃, 마셔. 물이야. 꽃은 잠시 생각하는 표정이더니, 미소를 지으며 배즙을 마셨다. 내게 컵을 돌려주며 말했다. 꽃은 물을 좋아하지요? 그렇죠, 선생님? 나는 그렇다는 뜻으로 고개를 끄덕였다. 식탁 위에 놓인 컵들을 모아 싱크대에 넣고 꽃을 보았다. 꽃은 아까와 같은 자세로 그곳에 가만히 앉아 있었다.

오후 시간, 아이들은 군데군데 무리 지어 놀았다. 블록을 끼워 놀이공원을 만드는 아이, 종이 벽돌을 쌓아 성을 만드는 아이, 색종이를 접고 오리는 아이. 집에 갈 때를 기다리며 저마다 장난감을 찾아 시간을 보냈다. 나는 흐트러져 있는 크레파스를 통에 넣었다. 아이들이 가지고 놀던 장난감이 발에 챘다. 바구니를 가져와 비닐 공들을 담았다. 가끔 아이들이 공을 밟고 미끄러져 넘어지는 일이 있었다. 무릎을 굽히고 공을 주워 담는 내게 남자아이 하나가 달려와 부딪쳤다. 아이는 일부러 부딪쳤는지 내 등을 타고 오르려고 안간힘을 썼다. 내가 허리를 펴려고 하자 더 악착같이 매달렸다. 나는 아이의 손을 잡아 강하고 조용하게 떼어내었다. 그리고 아이와 눈을 맞춘 뒤 미소를 지었다. 아이는 혀를 내밀어 약 올리는 시늉을 하고 다른 아이들에게로 뛰어갔다. 정해진 프로그램 없이 하원을 기다리는 동안 아이들은 유달리 내게 매달리고, 짓궂은 장난을 하고, 짜증 내고, 싸웠다.

다시 공을 주우려 허리를 굽히는데 주머니에서 진동이 느껴졌다. 전화를 걸어온 이는 환이었다. 핸드폰을 손에 쥐고 망설였다. 환과 마지막으로 연락한 게 언제인지 가늠해보았다. 여름이 끝나갈 무렵이었으니 사 개월이 훌쩍 넘었다. 환과의 통화는 늘 뜬금없으면서도 편안했다. 지인들을 만나 서로가 알지 못하는 근황을 이야기하거나 함께했던 과거 기억을 되짚다 보면, 오히려 만나지 않은 시간만큼의 거리를 확인받는 느낌이었다. 하지만 환은 달랐다. 뜸한 만남도 일상의 자연스러움으로 바꾸는 힘을 지녔다. 연락 없이 지내다 갑자기 전화해서 매일 만나는 사이처럼 말했다. 점심에 먹은 반찬 이야기, 지난밤 꿈 이야기, 뉴스에서 본 자질구레한 소식들. 만날 약속을 잡을 때도 그랬다. 이미 약속되어 있는 만남에 시간과 장소만 구체적으로 정하기 위해 전화한 듯 말했다. 나는 환의 그런 면이 좋았다. 서로의 현재를 공유하고 소통하는 느낌이었다. 그래서 환이 만나자고 하면 거절하지 않았다. 심지어 선약을 미루고라도 환을 만났다. 하지만 지금 선뜻 전화를 받지 못하는 이유는 사 개월 전 만남 때문이었다.

그날 환은 말했었다. 나 동성애자가 되기로 결정했어. 너한테 가장 먼저 말해야 한다고 생각했어. 나는 당황했다. 환의 목소리가 너무 작아서 잘못 들은 거라고 생각했다. 무슨 뜻이냐는 표정으로 환을 바라보았다. 환이 고개를 숙였다. 그리고 좀 더 크고 분명한 목소리로 말했다. 동성애자가 되기로 결정했다고. 혼란스러웠다. 뭐라고 말하는 것이 적절한 답인지 알 수 없었다. 나는 환이 이성애자라는 사실을 한 번도 의심하지 않았다. 실연한 나를 달랜다고 차라리 나랑 사귀자, 하고 농담하던 그였는데. 고개 숙인 환을 바라보며 아무렇지 않은 척 대꾸했다. 그래? 하지만 마음속에서는 혼란과 의문이 뒤섞여 요동쳤다. 결정이라니, 동성애 성향이 라는 게 결정할 수 있는 건가. 지금껏 환을 이렇게 몰랐던 건가. 환과 알고 지낸 십 년 세월이 머릿속을 빠르게 지나갔다.

망설이는 동안에도 핸드폰은 계속 울렸다. 짧게 숨을 들이마시고 통화 버튼을 눌렀다. 늘 그랬듯 환은 인사를 생략했다. 우리 그거 보자, 천수관음. 나는 환의 말을 이해하지 못해 대답을 않고 머뭇거렸다. 뜬금없이 천수관음이라니, 천수관음이 어디 있다는 건지, 천수관음 뭐를 보자는 건지. 환이 말을 이었다. 천수관음 공연 보자고. 오늘 나올 수 있어? 너랑 보려고 표를 예매했어. 내가 대답했다. 그런 공연도 있어? 환이 말했다. 그거 꼭 너랑 보고 싶어. 일곱 시까지 와라. 환은 대답을 마저 듣지 않고 꼭 오라는 말을 한 번 더 하고 전화를 끊었다. 너랑 보고 싶어. 환의 목소리가 귀에 맴돌았다.

약속도 없는 금요일 저녁, 환을 만나 공연을 봐도 좋겠다는 생각이 들었다. 오늘은 내가 어린이집 저녁 담당이 아니니 어렵지 않은 일이었다. 하지만 환을 만나 어떻게 대해야 하나. 머리를 가로저었다. 오랜 세월 서로가 편하다고 하면서도 그만큼 서로를 몰랐다는 생각에 당혹스러웠다. 내가 환을 몰랐듯, 환도 나를 몰랐다. 내가 왜 환의 부탁을 거절하지 못하는지, 환과의 만남을 꼭 지키려 하는지. 나는 다시 바구니를 들어 공을 담았다. 아이들이 꺼내놓은 책을 책꽂이에 꽂고, 교실을 정리했다.

여섯 시가 되자 교실은 조용해졌다. 대부분의 아이들이 셔틀버스를 타고 집으로 갔다. 부모가 늦는 아이 몇 명이 소꿉을 꺼내어 엄마아빠놀이를 했다. 꽃은 한쪽 구석에서 책을 보고 있었다. 꽃은 다른 아이들과 잘 어울리지 못했다. 아이들도 꽃이 아닌 이름을 부르면 아무 대답도 반응도 하지 않는 아이와 친구로 지내기 어려워했다. 꽃은 나에게도 힘든 아이였다. 이십 명이나 되는 아이들을 혼자 이끌어야 하는 상황에서 꽃만을 특별하게 대할 수 없었다. 처음 아이를 꽃이라고 부를 때에도 그랬다. 아이들이 저마다 나는 비행기, 나는 하이퍼 캅스, 나는 꼬부기, 하며 자신이 바라는 이름으로 불러주기를 요구했다. 나는 어쩔 수 없이 다른 아이들이 없는 곳에서만 조용히 꽃이라 불러야 했다.

그런 꽃에게도 관심을 보이는 아이가 하나 있었다. 한 달 전 새로 들어온 윤서였다. 어린이집이 처음이라는 윤서는 이미 짝을 지은 아이들 사이에 끼지 못해 겉돌았다. 그러면서 자연스럽게 혼자 노는 꽃에게 관심을 가졌다. 윤서는 꽤 조심스럽게 꽃에게 다가가는 듯했다. 하지만 꽃은 아랑곳하지 않았다. 윤서가 가까이 가도 내치지 않았고, 멀리해도 아쉬워하지 않았다. 다른 아이들처럼 윤서도 꽃의 특이한 행동을 낯설어했다. 그러면서도 불러도 대답하지 않는 꽃의 주위를 맴돌았다. 나란히 앉아 따로 책을 보거나 각자 떨어져 흙장난을 했다.

나는 교실을 나서기 전 소꿉장난을 하는 아이들에게 다가갔다. 선생님 먼저 간다, 하고 인사를 하자 아이들이 합창으로 안녕히 가세요, 했다. 꽃에게도 다가가 말했다. 꽃, 내일 보자. 꽃은 책에서 눈을 떼지 않고 대답했다. 네. 나는 어린이집에 가장 일찍 와서 가장 늦게까지 있는 꽃이 안쓰러웠다. 꽃의 등에 손을 얹어 쓸어준 뒤 교실을 나갔다. 이미 밖은 어두웠다. 해가 많이 짧아졌다. 생각해보니 어제가 동지라 아이들과 팥죽을 먹었었다. 어둠이 짙어 밤이 깊은 느낌이었다.

겨울 밤공기가 차가웠다. 외투 깃 속으로 목을 움츠렸다. 못 간다고 문자를 보낼까, 그냥 나가볼까, 만나서 무슨 얘길 해야 하나. 주머니 속에서 핸드폰을 쥐었다 놓기를 반복했다. 연말이고 금요일 저녁이라 거리에는 사람들이 많았다. 케이크를 든 사람, 손을 맞잡고 나란히 걷는 사람, 커다란 선물을 안고 가는 사람. 나는 깜박이는 장식 전구에 시선을 뺏긴 채 한동안 거리에 서 있었다. 아무도 없는 캄캄한 집에 들어가기 싫었다. 방향을 바꿔 지하철역으로 향했다.

이십 분이나 일찍 약속 장소에 도착했다. 환은 보이지 않았다. 계단을 올라 공연장 로비로 들어갔다. 공연을 기다리는 사람들로 북적였다. 나는 안내 데스크에서 팸플릿을 집어 들었다. 앞면을 가득 채운 사진이 화려했다. 중앙에 금빛 천으로 온몸을 두른 사람이 합장을 하고 있었고, 뒤로 수십 개의 팔이 부챗살을 그리며 뻗어 있었다. 각자의 자리를 정확히 아는 손들이 어울려 커다란 원을 이루었다. 펼친 손바닥에 그려진 푸른 자위의 까만 눈동자가 신비로웠다. 낯섦과 조화로움이 공존하는 모습이었다. 공연도 이만하다면 볼 만하겠다는 생각이 들었다.

서성이던 사람들이 공연장 안으로 들어가기 시작했다. 약속했던 시간이 지났다. 공연 시작도 십 분이 채 남지 않았다. 환은 오지 않았다. 로비를 나와 현관 앞에 섰다. 계단을 타고 찬 바람이 불어왔다. 나는 외투에 달린 모자를 뒤집어썼다. 핸드폰을 꺼내 연락처의 즐겨찾기 중 세 번째를 터치했다. 신호는 가지만 환은 전화를 받지 않았다. 언제 오는 거야, 오기는 오는 거야? 손끝에 닿는 문자 자판이 차가웠다. 여기까지 온 게 후회되었다.

손을 주머니 깊숙이 밀어 넣었다. 핸드폰을 만지작거리며 긴 계단을 내려다보다 한쪽 끝에서 다른 쪽 끝까지 걸었다. 발이 시렸다. 다시 반대편 끝으로 걸었다. 이따금 눈을 돌려 계단을 흘깃거렸다. 급하게 뛰어오는 사람 몇이 지나가고 더 이상 계단을 오르는 사람은 없었다. 핸드폰을 꺼내 시계를 보았다. 공연 시간은 이미 지났다. 부재중 전화도 없었다. 화가 났다. 그리고 너무 추웠다. 아무리 연락해봐라, 내가 다시 만나주나. 내뱉을 곳 없는 화를 삭이며 계단을 내려갔다. 발이 얼어 감각이 없었다. 헛디디지 않으려 천천히 걷다 보니 괜히 우울해졌다. 이대로 돌아가야 한다는 생각에 슬프기까지 했다.

지하철역으로 막 들어서는데 핸드폰이 울렸다. 오늘 저녁 담당인 꿈나래반 선생이었다. 물어볼 게 있어요. 선생님 반 아이들 연락처 따로 두신 게 있나요? 아직 부모가 오지 않은 아이가 있는데, 엄마가 전화를 안 받네요. 나는 비상 연락처가 들어 있는 파일의 위치를 알려주었다. 남아 있는 아이는 분명 꽃일 터였다. 꽃의 엄마는 늘 여덟 시가 되어서야 왔다. 그녀는 아침에 청소 일을 하고, 오후에는 식당 일을 했다. 그나마 식당 사장의 배려로 손님이 붐비는 시간만 지나면 퇴근할 수 있다고 했다. 오늘은 일이 늦어지는 모양이었다.

텅 빈 교실에 혼자 남아 엄마를 기다리고 있을 꽃의 모습이 떠올랐다. 처음 어린이집에 왔을 때 꽃의 엄마는 아이를 맡길 수 있는 시간부터 물었었다. 꽃이 불안한 눈빛으로 어린이집 안을 둘러보았다. 꽃은 엄마의 옷자락에 어정쩡하게 손을 대고 있었다. 쥔 것도 아니고 안 쥔 것도 아니었다.

그 모습이 보통 아이들과 달라 눈에 띄었다. 처음 어린이집에 오는 아이들이 보이는 모습은 둘 중 하나였다. 새로운 곳에 대한 호기심으로 돌아다니며 이것저것 만지다가 엄마에게 주의를 받는 아이, 혼자 남겨질까 두려워 엄마에게 매달려 떨어지지 않으려는 아이. 꽃은 그 상황을 억지로 참아내고 있는 것 같았다.

꽃은 무엇이든 잘 참았다. 심지어 아이들이 놀리거나 밀쳐도 반응이 없어 걱정될 정도였다. 나는 꽃이 무딘 성격이라고 생각했었다. 하지만 간혹 꽃이 나를 놀라게 하면서, 오히려 예민한 아이라는 걸 깨달았다. 어린이집 현관에는 수족관이 있었다. 거피, 네온테트라, 실버팁테트라 같은 작은 열대어가 삼십 마리 정도 되었다. 아이들은 곧잘 수족관 유리에 얼굴을 대고 물고기를 들여다보았다. 어느 날 아침 현관을 들어서는데 다른 날과 다르게 조용했다. 신발을 신발장에 넣고 수족관을 보니 공기 방울이 나오지 않았다. 산소공급기의 코드가 빠져 있었다. 코드를 꾹 누르자 방울들이 물 끓는 소리를 내며 올라왔다. 그런데 헤엄치는 물고기들 사이로 한 마리가 배를 드러내고 옆으로 누워 있었다. 물고기는 공기 방울에 부딪쳐 힘없이 이리저리 흔들렸다. 나는 뜰채를 가져와 죽은 물고기를 건져냈다. 등원한 아이들은 늘 그렇듯 수족관을 들여다보고 말 뿐이었다. 수업에 필요한 재료를 가지러 가는데, 수족관에 얼굴을 바짝 붙인 꽃이 보였다. 꽃에게 다가가 말을 걸었다. 물고기 참 예쁘지. 꽃이 말했다. 중간에 빨간 줄이 있고 꼬리가 투명한 물고기가 없어요. 어디 갔나요? 나는 놀라서 되물었다. 너 여기 있는 물고기 다 기억하니? 꽃이 당연하다는 듯 대답했다. 모두 다르게 생겼잖아요. 내 눈에는 모두 똑같아 보이는 물고기들의 차이를 구별하고 기억한다는 사실이 놀라웠다. 나는 물고기를 자세히 보았다. 같다고 하기에는 조금씩 달랐고, 다르다고 하기에는 그저 비슷비슷해 보였다.

지갑에서 교통 카드를 꺼냈다. 핸드폰이 또 울렸다. 환이었다. 받지 말까 하는 생각이 잠시 스쳤지만 손가락은 통화 버튼을 누르고 있었다. 오래 기다렸지, 미안해. 가는 중이야. 조금만 더 기다려줘. 환은 다급하게 말했다. 이제야 전화를 해서 발걸음을 잡는 환에게 화가 났다. 한편으론 지금이라도 환이 올 거고, 나는 그냥 돌아가지 않아도 되고, 금요일 저녁을 혼자 보내지 않아도 된다는 사실에 안도했다. 환이 오면 기필코 화를 내리라. 그런데 어디서 환을 기다려야 하나. 환이 지하철을 타고 올지, 버스를 타고 올지 알 수 없었다. 나는 지하철역 밖으로 나갔다. 내가 얼마나 추운 곳에서 기다렸는지 보여주고 싶었다. 조금 있자 지하철역 계단을 올라오는 환이 보였다. 환은 두세 계단씩 급하게 뛰어 올라왔다. 숨을 헐떡이며 내 앞에 섰다.

환이 장갑을 벗고 내 얼굴에 손을 가져다 대며 말했다. 완전히 얼었네, 많이 추웠지. 환의 손이 따뜻했다. 순간 울음이 나오려 했다. 떠났던 연인이 돌아온 것도 아닌데 눈물이라니. 어금니에 힘을 주고 입을 꾹 다물었다. 환은 그걸 아는지 모르는지 나의 볼에 자신의 손바닥과 손등을 뒤집어 대면서 걱정스럽게 어루만졌다. 환의 손은 무척 부드러웠다. 뼈마디에 굴곡도 없고, 가늘고 길었다. 손가락 끝이 위로 살짝 들려 섬세해 보이기까지 했다. 환은 그 손으로 스스럼없이 내 손을 잡고, 얼굴을 만졌다. 내가 환에게 마음을 주게 된 것은 이 손길 때문일지도 몰랐다. 결국 화를 내지 못했다.

환의 손목을 잡아 내려놓으며 말했다. 따뜻한 곳에서 저녁 먹자, 춥고 배고파. 환이 그러자며 앞장섰다. 공연장 뒤쪽 식당 골목으로 걸었다. 밝고 깨끗해 보이는 인도 요리 전문점으로 들어갔다. 카운터에 앉아 있던 여자가 일어나 손을 모아 인사했다. 나마스테. 여자는 원피스 모양의 진자주색 전통 의상을 입었다. 옷에는 기하학적인 무늬들이 수놓아져 있었다. 우리는 창가 테이블로 안내받았다. 카레 향 같기도 하고, 제사 때 피우는 향 같기도 한 냄새가 진하게 풍겼다.

환이 긴 손가락으로 메뉴들을 훑어 내렸다. 나도 보았지만 도통 뭔지 알 수 없었다. 영어와 한글이 같이 쓰인 메뉴에서 내가 아는 거라곤 치킨과 카레 정도였다. 나는 메뉴판을 덮었다. 메뉴 공부하냐? 골똘히 메뉴판을 보고 있는 환에게 말을 툭 던졌다. 환이 웃으며 메뉴판을 내려놓았다. 뭐 먹을래? 아무거나, 잘 모르겠어, 네가 주문해줘, 향이 너무 진하지 않은 거로. 환은 세트 메뉴 두 가지를 시켰다. 환에게 물었다. 여기 자주 오니? 환이 대답했다. 자주는 아니지만 채식 메뉴가 있어서 편해.

환은 몇 년 전부터 주로 채식을 했다. 굳이 채식주의라고 말하진 않았지만 가능한 육식을 자제했다. 튀김이나 고기를 좋아하는 나로선 선뜻 이해가 되지 않았다. 환이 왜 채식을 하게 되었는지 물어본 적이 없다는 생각을 했다. 하지만 이제야 그걸 물어보는 것도 새삼스러웠다. 예전 우리는 프라이드치킨을 자주 먹었었다. 학생의 주머니 사정이야 뻔했고, 치킨은 적당한 가격에 배부른 안주였다. 문득 환의 자취방에서 먹던 치킨이 기억났다. 너희 집에서 배달시켜 먹던 프라이드치킨 정말 맛있었는데. 아직도 있나? 환이 대답했다. 있겠지, 맛있어서 망하진 않았을 거야.

대학 시절 나를 포함한 친구들은 환의 집에 자주 몰려가곤 했다. 하숙을 하거나 기숙사에 머물던 친구들은 방도 작고 주인과 룸메이트의 눈치를 보느라 술 취한 친구들을 방에 들이지 못했다. 환은 자취를 했다. 학교에서 걸어서 삼십 분이나 걸리는 꽤 먼 거리였지만, 옥탑에 있는 환의 자취방은 눈치 볼 필요 없는 독립된 공간이었다. 술집을 나와서도 집으로 돌아가기 싫었던 우리는 여자 남자 할 것 없이 환의 집으로 몰려갔다. 환은 술을 즐기지 않았다. 대개 우리끼리 술을 마시다 환의 집으로 쳐들어가는 식이었다. 양손에 술이 든 비닐봉지를 들고 가파른 옥탑 계단을 올라가면, 환은 깔려 있던 이불을 개고 우리를 맞아주었다. 그 수많은 밤을 우리는 무슨 얘기로 보냈을까. 환은 무슨 얘기를 했고, 나는 무슨 얘기를 했을까.

내 앞에 구운 치킨과 볶음밥이 놓였다. 환의 앞에는 넓적한 빵과 소스, 역시 볶음밥이 놓였다. 환이 물수건으로 손을 닦으며 말했다. 볶음밥은 비리야니라고 양고기를 넣어서 만든 거고, 닭고기는 탄두리치킨이라고 화덕에 구운 거야. 먹을 만할 거야. 환의 음식을 보며 물었다. 고기가 안 들어간 거야? 그가 대답했다. 응, 차파티와 달이라고 해. 나는 치킨을 엄지와 집게손가락으로 집어 뜯어 먹었다. 허기가 가시고 몸이 따뜻해졌다. 그제야 우리가 만난 이유가 생각났다. 그 공연 왜 보려고 한 거야? 환이 차파티를 달에 찍으며 대답했다. 천수관음, 멋지지 않냐? 천 개의 손과 천 개의 눈으로 불쌍한 중생들을 보살펴준다는 게. 그 손을 보고 싶었어. 환이 미간에 주름을 잡았다. 나는 치킨을 내려놓고 물수건에 손을 닦았다. 그럼 일찍 왔어야지. 환이 입에 든 음식을 삼키고 말했다. 괜찮아, 그거 본다고 괴로움에서 구원되겠냐. 나는 어이가 없어 웃어버리고 말았다. 하지만 환은 웃지 않았다. 가늘고 긴 손가락으로 건반을 두들기듯 테이블을 두드렸다. 환에게서 초조함이 느껴졌다. 무슨 일이 있었나. 그러고 보니 그사이 마른 것 같았다. 얼굴도 거칠어 보였다. 왠지 환에게 거리감이 들었다. 나는 더 묻지 않고 치킨과 밥을 번갈아 먹었다. 음식에서 연한 향이 났다. 낯선 향이었다. 환의 방에서는 촛불 냄새가 났었는데. 환은 불면증이 있었다. 누군가에게 들었다며 촛불을 켜면 잠들기 쉽다고 했다. 의식을 치르듯 방 안의 네 귀퉁이에 촛불을 켰고 그 한가운데에 누워 잠을 잤다. 하지만 그것은 산소 부족으로 생기는 옅은 질식이 아니었을까.

우리는 아무 말 없이 밥을 먹었다. 환이 분위기를 바꿔보고 싶은지, 눈짓으로 종업원을 가리키며 말했다. 저 남자 괜찮지? 나는 환이 가리킨 사람을 보았다. 인도인으로 보이는 평범한 남자였다. 나는 응, 하고 건성으로 대답했다. 내 대답이 시원치 않았는지 환이 채근했다. 잘 봐봐, 매력적이잖아. 나는 생각했다. 그런 말을 하는 이유가 뭐니, 나에게 뭘 바라는 건데. 턱을 쳐들고 환에게 쏘아붙였다. 그래서 어쩌라고, 나보고 말이라도 걸으라고? 환이 나를 잠시 바라보았다. 그러곤 고개를 숙여 빵을 먹었다. 나는 후회했다. 이렇게 말하려던 게 아닌데. 오늘은 대화가 되지 않는 날이었다. 불편했다. 환을 만나는 게 아니었다. 그만 일어서는 게 낫겠다고 생각했다. 어차피 환과 나는 서로 다른 것을 꿈꿔왔다.

우리가 같은 꿈을 꾼다고 생각했던 순간들이 있었다. 언젠가 환의 집에서 자고 일어난 아침, 같이 술을 마셨던 친구들은 모두 사라지고 없었다. 욕실에서 물소리가 들렸다. 나는 헝클어진 머리카락을 손가락으로 빗어 내렸다. 환이 머리에 묻은 물기를 닦으며 나왔다. 나는 수업에 늦기 전에 얼른 가야겠다고 말하면서도 이불을 끌어안았다. 머리가 아팠다. 이불에 누운 채로 말했다. 칫솔 남는 거 없어? 환이 대답했다. 그냥 내 거 써, 입 속에 병만 없으면 같이 써도 상관없다더라. 환은 깔끔했다. 청소도 열심히 하고 욕실에 들어가면 나올 줄을 모르는 환을 두고 친구들은 톰 소여 동생이라고 놀리곤 했다. 그런 환이 칫솔을 같이 쓰자니. 하지만 나는 그 말이 좋았다. 환의 칫솔로 이를 닦고, 환이 차려준 밥을 먹었다. 그리고 다시 누우며 말했다. 몇 시야? 수업 들어가기 싫다. 환이 말했다. 가지 마, 나랑 있자. 환의 말이 다정하다고 생각했다. 수업에 빠지면 생길 문제들을 떠올리면서도 그대로 누워 있었다.

그날 수업에도 안 가고 뭘 했었나. 나는 옆에 놓인 가방을 잡아당기며 생각했다. 해 질 무렵 같이 나와 영화를 보았던가. 기억나지 않았다. 핸드폰을 가방에 넣고 일어섰다. 환이 나를 올려다봤다. 나는 환의 시선을 피해 창밖을 보았다. 막 내리기 시작한 눈이 한 점, 두 점 천천히 바닥으로 떨어졌다. 밖으로 나가지 못하고 선 채로 창밖을 보았다. 환의 시선이 내가 움직일 수 없도록 잡는다는 생각을 했다. 곧 환이 내 손을 잡고 가지 마, 하고 말할 것만 같았다. 나는 긴장했다. 더 이상 그 손길의 의미를 헷갈리지 말아야 했다. 그런데도 가슴은 제멋대로 쿵쾅거렸다. 가방을 잡은 손에서 땀이 배어났다. 눈이 가로등 불빛 아래로 뿌옇게 흩어졌다.

환은 내 손을 잡지 않았다. 화가 난 건지, 당황한 건지 알 수 없는 목소리로 말했다. 왜 아무것도 묻지 않아? 왜 모른 척하고 싶어 해? 내가 어떤 연애를 하는지, 어떤 섹스를 하는지 궁금해하지 않느냐고. 나는 할 말이 없었다. 내가 피하고 싶은 게 뭔지 나도 몰랐다. 환을 향한 마음인지, 환이 동성애자라는 사실인지. 머릿속에 많은 단어들이 떠올랐다 흩어졌다. 환의 얼굴을 똑바로 쳐다보며 대답했다. 왜 자꾸 내 손을 잡고, 내 얼굴을 만져. 피하는 건 너 아니야? 머뭇거리던 환의 표정이 난감하게 바뀌었다. 자신이 한 말을 되짚으면서,

동시에 내 말의 뜻을 헤아리느라 여러 가지 생각이 스치는 듯 보였다. 나는 다시 창밖을 보았다. 잠깐 사이 눈이 더 많이 내리고 있었다. 울음이 가슴을 타고 목울대까지 올라왔다. 침을 꿀꺽 삼켰다. 환이 풀이 죽은 목소리로 혼잣말을 하듯 중얼거렸다. 사랑하는 사람과 헤어졌어. 네가 제일 보고 싶더라. 그런데 너는 옛날이나 지금이나 아무것도 알고 싶어 하지 않아. 환을 보았다. 목소리만큼이나 몸이 지쳐 보였다. 날렵하게 서 있던 어깨가 늘어져 있었다. 보기 싫었다. 어디서 어떻게 살다 내게로 와서 지친 모습을 함부로 보이는지. 잠시 환을 바라보았고 밖으로 나갔다.

식당 문을 열자 눈을 실은 바람이 훅 끼쳐 왔다. 갑작스러운 온도 차에 현기증이 일었다. 소금 같은 눈발이 날아와 얼굴에 부딪혔다. 우산을 쓴 사람들, 팔짱을 낀 연인들이 바쁜 걸음으로 지나쳐 갔다. 왠지 눈물이 흘렀다. 모자를 깊이 내리덮으며 생각했다. 눈이 많이도 내리는구나, 안개 속을 걷는 것 같아. 눈을 맞으며 천천히 걸었다. 쏟아지는 눈 사이로 네온사인 불빛이 번졌다. 언젠가 본 듯한 광경. 걸음을 멈추고 거리의 불빛을 바라보았다. 하지만 기억나지 않았다. 다시 걸었다. 그런데 앞에 어린아이 한 명이 보였다. 우리 반 또래였다. 가만히 서 있는 아이의 머리와 어깨에 눈이 소복했다. 사람들은 마치 아이를 보지 못한 듯 눈길을 주지 않고 지나갔다. 아이에게 다가갔다. 아이가 내 쪽으로 고개를 돌렸다. 나는 멈칫했다. 아이는 꽃을 닮았다. 자세를 낮춰 아이와 눈을 맞추고 물었다. 왜 여기에 혼자 있니? 아이가 미소 지으며 대답했다. 저, 여기에 계속 있었어요. 무슨 뜻인지 이해할 수 없었다. 아이의 어깨에 쌓인 눈을 털어주며 말했다. 길을 잃었나 보구나. 아이가 아니라는 듯 머리를 가로저었다. 그러면서 말간 눈으로 나를 바라보았다. 그 모습이 너무 꽃과 같아 나는 하마터면 아이를 꽃이라 부를 뻔했다. 아이의 팔에 손을 얹었다. 집이 어디니? 데려다줄게, 같이 가자. 아이가 팔을 빼내며 말했다. 괜찮아요, 여기 있을게요. 여기서 기다릴래요. 몇 번 설득했지만 아이는 고집스럽게 거부했다. 나는 망설였다. 아이를 혼자 두고 가는 게 맘에 걸렸다. 곧 누군가 올 거라 믿으며 몸을 일으켰다. 그래도 몇 걸음 걷다 걱정스러운 마음에 뒤를 돌아보았다. 어찌 된 일이지 아이는 사라지고 없었다. 아이가 서 있던 자리에도 눈이 쌓이고 있었다.

나는 걸으며 꽃을 닮은 아이를 생각했다. 늘 그곳에 있었다고? 무슨 뜻일까. 아이의 말을 여러 번 되뇌었다. 아이는 누구를 기다리고 있던 걸까. 환도 기다리고 있을까. 어깨를 늘어뜨린 채 고개를 숙인 그의 모습이 떠올랐다. 환이 기다리는 것은 무엇일까. 환이 동성애자가 되겠다고 말했을 때, 나는 그가 변했다고 생각했었다. 그동안 환이 건네던 따뜻한 말과 부드러운 손길이 거짓처럼 여겨졌다. 우리가 함께 보낸 세월이 사라진 느낌이었다. 하지만 처음부터 환은 누군가 자신을 제대로 보아주기를 묵묵히 기다려왔을 수도 있었다. 마치 아무 말 하지 않아도 환이 내 마음을 알아주기를 바랐듯이.

그제야 문득 기억이 났다. 새벽 어스름에 번지던 네온사인. 영화 「해피투게더」의 장면이었다. 수업에 빠지고 환의 집에 있던 날 우리는 영화를 보았다. 환은 영화를 보며 말했었다. 저런 사랑을 하고 싶다. 나는 그때 환이 한없이 기다릴 수밖에 없을 정도로 절절한 사랑을 하고 싶다는 말로 들었었다. 하지만 그건 환이 자신의 성향을 고백한 것일지도. 생각이 거기에 미치자, 예기치 못한 순간마다 했던 환의 말들이 떠올랐다. 내가 흘려들은 수많은 순간마다 환은 진심을 담아 말을 걸어왔을지도 몰랐다. 어쩌면 변한 건 없었다.

며칠 뒤 환에게서 전화가 왔다. 나는 전화를 받지 않았다. 마음은 한결 가벼웠지만 여전히 뭐라 말을 꺼내기가 버거웠다. 아는 답을 회피하는 거라 생각하면서도 어쩌지 못했다. 환은 며칠의 간격을 두고 계속 전화를 했고 나는 끝내 받지 않았다. 매번 묵살하는 동안 전화 오는 빈도가 줄어갔다. 그래도 나는 전화를 받지도 걸지도 못했다. 그러는 사이 겨울이 지나갔다.

평소처럼 어린이집 아이들을 돌보며 지냈다. 꽃은 여전했다. 햇빛을 좋아했고, 물을 좋아했다. 아이들과 어울리지 않고 혼자 책을 읽었다. 밖으로 나가 햇빛 속에서 많은 시간을 보냈다. 그럴 때면 꽃의 얼굴에서 맑은 기운이 느껴졌다. 어느 날인가, 꽃을 찾아 마당으로 나갔다. 꽃은 연분홍 작은 꽃들이 핀 벚나무 아래에서 책을 보고 있었다. 그 모습이 너무 화사해 나는 저 아이가 진짜 꽃일지도 모른다고 생각했다. 순간 바람이 불었는가. 꽃잎 몇 장이 떨어졌다. 꽃의 까만 머리 위에도 한 장 내려앉았다. 나는 조심스럽게 다가갔다. 무슨 책을 보니? 꽃은 책을 덮어 제목을 보여주었다.『마술 돌멩이』? 선생님도 이 책 알아. 돌멩이를 세 번 문지르면 기분이 좋아지잖아. 내가 아는 체를 하자 꽃도 흥미가 생겼는지 나를 빤히 쳐다보았다. 나도 꽃을 마주 보았다. 다이아나는 속상한 일이 생길 때마다 돌멩이를 문지르잖아. 정말 기분이 좋아지더라. 꽃이 시선을 내리고 웅얼거렸다. 친구들이 따돌려도? 나는 머리를 한 대 맞은 것 같았다. 아무 말도 하지 못했다. 이 아이에게 무엇을 해줘야 할지 막막했다. 늘 그랬듯 천천히 등을 쓸어주는 것밖에.

그런 꽃에게 변화가 생겼다. 변화의 시작은 꽃의 주변을 맴돌던 윤서였다. 얼마 전 윤서가 찾아와 풀이 죽은 목소리로 말했다. 선생님, 서연이가 왜 꽃이에요? 딱히 대답할 말이 없었다. 글쎄, 서연이는 자기가 꽃이라고 생각하더라. 아무 대답도 아닌 말이었다. 하지만 윤서는 진지한 눈으로 고개까지 깊게 주억였다. 그 뒤부터 윤서와 꽃은 급격히 친해졌다. 윤서는 꼬박꼬박 서연이를 꽃이라 불렀다. 꽃도 윤서의 말에 정성스럽게 대답했다. 자유 시간마다 둘은 역할놀이를 했다. 놀이에서 언제나 꽃은 꽃이었고, 윤서는 꽃을 키우는 사람, 꽃과 노는 강아지, 꽃 옆을 달리는 기차였다. 그렇게 둘은 단짝이 되었다. 햇빛을 좋아하는 꽃을 따라 둘은 밖에서도 곧잘 놀았다. 놀이터 그네에 앉아 얼굴을 들고 눈을 감은 두 아이를 보면 평화로웠다.

오늘도 두 아이가 보이지 않았다. 교실마다 살펴보았지만 없었다. 나는 밖으로 나갔다. 두 아이가 머리를 맞대고 쪼그리고 앉아 모래 장난을 하고 있었다. 나는 모래 놀이터 옆 미끄럼틀 계단에 앉았다. 기다란 아파트 숲 사이로 노을이 붉었다. 모래를 조물거리는 아이들의 손이 유난히 예뻐 보였다. 따뜻했다. 이상하게 환의 목소리가 듣고 싶어졌다. 나는 핸드폰을 꺼냈다. 핸드폰 화면이 빛을 받아 반짝였다. 이제는 환의 전화에 응답해야 한다는 생각이 들었다. 아이들은 모래를 수북이 모아놓고 화단을 돌아다녔다. 나는 핸드폰을 쥐고 잠시 망설이다 즐겨찾기 중 세 번째를 길게 눌렀다. 경쾌한 환의 목소리가 들려왔다. 환은 봄 날씨가 좋아 놀러 가고 싶다고 했다. 나도 웃으며 연한 나뭇잎을 보면 훑어서 나물을 무쳐 먹고 싶다고 대답했다. 환이 집에 놀러 오면 나물도 무쳐주고, 프라이드치킨도 시켜주겠다고 했다. 나는 옛날처럼? 너는 고기 안 먹잖아, 하고 말했다. 환은 그래 옛날처럼, 이제 채식만 하지는 않아, 하고 답했다. 나는 금요일에 환의 집에 가기로 했다. 아무 일도 없던 것 같은 환의 목소리가 편안했다. 하지만 막연하게나마 예전과는 다른 편안함일 거라는 느낌이 들었다. 환이 왜 채식을 했었는지, 「해피투게더」를 보면서 한 말의 뜻은 무엇인지, 환이 사랑했던 사람은 어떤 사람인지. 많은 이야기를 듣고 싶었다.

핸드폰을 주머니에 넣고 두 아이에게 다가갔다. 어느새 아이들은 모아놓은 모래 위에 새순을 꽂아두었다. 윤서가 말했다. 꽃, 이거는 케이크야, 반으로 잘라서 같이 먹자. 꽃이 대답했다. 그래, 우리 떡도 만들자. 윤서가 말했다. 그러면 물이 있어야 뭉치지, 서연아 물 가지러 가자. 꽃이 웃으며 대답했다. 맞아, 물로 반죽하면 잘 뭉쳐져. 나는 놀랐다. 꽃이 이름을 불러도 대답을 했다. 윤서는 계속 꽃과 서연이를 번갈아 불렀다. 하지만 꽃은 상관하지 않았다. 꽃이 나를 보며 말했다. 선생님, 우리 물 뜨러 가요, 케이크 무너지지 않게 지켜 주세요. 나는 걱정 말고 다녀오라고 대답했다. 두 아이는 손을 잡고 어린이집 안으로 들어갔다. 나는 케이크에 꽂힌 연둣빛 새순을 두 손가락으로 잡아 살짝 비볐다. 부드러웠다. 나는 두 아이가 올 때까지 새순이 핀 모래 케이크를 지켰다.

# 다섯 뼘에서 멈춘 이야기

유기농 슈퍼 프루트 워터가 함유된 스파 미네랄 캡슐. 보디 클렌저 통에 쓰인 문구를 보고 피식 웃음이 나왔다. 나는 길게 이어진 단어들을 들여다보다 샤워기에서 뿜어져 나오는 물에 손끝을 갖다 댔다. 차가웠다. 튀어 오른 물방울이 종아리를 적셨다. 소름이 돋았다. 반사적으로 비켜서며 몸을 움츠렸다. 수명이 다 된 보일러의 성능은 허술했다. 늘 찬물을 오래 쏟아내고야 따뜻한 물이 나왔다. 물이 데워지길 기다리며 다시 보디 클렌저에 쓰인 단어의 뜻을 찬찬히 헤아렸다. 유기농으로 재배한 엄청난 과일의 즙을 넣어 만든 광천수 알갱이? 이토록 쉽게 말을 쏟아낼 수도 있구나.

세상 좋은 것은 모두 모아 담은 보디 클렌저를 샤워 타월에 묻혔다. 떨어지는 뜨거운 물을 맞으며 몸에 거품을 문질렀다. 긴장으로 뭉쳤던 근육이 풀리고 피로가 몰려왔다. 타일 벽에 어깨를 기대고 눈을 감았다. 그때, 전화벨 소리가 들렸다. 샤워기를 잠갔다. 벨이 한 번, 두 번, 세 번 울리다 끊어졌다. 다시 샤워기를 틀자 또 전화벨이 울렸다. 샤워기를 끄고 벨 소리를 세었다. 한 번, 두 번, 이번엔 열세 번을 울리고 멈췄다.

뿌옇게 물방울이 내려앉은 거울에 손을 얹어 둥글게 습기를 닦아나갔다. 손이 지나는 자리를 따라 동그라미가 커졌다. 손바닥에 차고 축축한 물기가 묻었다. 갈퀴처럼 손가락을 쫙 펴서 거울에 얹었다. 축축한 손. 불현듯 떠오른 생각에 숨을 멈췄다. 더 이상 기억이 삐어나가지 않았으면 싶었다. 두 손을 포개어 코와 입을 막았다. 숨이 차올랐지만 더 세게 틀어막았다. 몸의 모든 구멍이, 눈과 코와 땀구멍이 금방이라도 터질 듯 부풀어 올랐다. 귀가 먹먹해졌다. 눈을 꼭 감고 귀가 먹먹해지는 걸 느꼈다. 그러고 나서야 손을 내리고 길게 숨을 내뱉었다. 다시 수증기로 흐려진 거울에 비친 나를 마주 보며 우두커니 서 있었다.

욕실을 나가 핸드폰을 확인했다. 부재중 전화 두 통, 엄마였다. 엄마는 병원에 입원한 뒤로 매일 밤 전화를 걸어왔다. 십 년을 넘게 허리 아프다는 말을 달고 살면서도 병원에 가지 않던 엄마였다. 여자는 나이 들면 허리 아픈 게 당연하다는 것이 주장이었다. 엄마는 늘 그런 식으로 미련할 정도의 참을성을 자식에게 몸소 가르쳤다. 그런데 언제부턴가 앉고 일어서기조차 힘들어했다. 마지못해 찾아간 병원에서 의사가 말했다. 빨리 수술하지 않으면 아예 걷지 못할 수도 있습니다. 충격을 받은 엄마는 그날로 입원하고 수술을 받았다.

통화 용건은 매일 비슷했다. 옆 환자가 시끄럽다거나 다른 환자가 드디어 방귀를 뀌었다는 따위의 병실 상황과 다리를 구부릴 수 있다거나 팔을 넓게 벌렸다 같은 몸 상태 보고였다. 그리고 이렇게 아프다간 언제 죽을지도 모르는데 너 결혼하는 거는 보고 죽어야지 하는 한숨 섞인 말이었다. 내가 뭐라고 답하든 상관없었다. 특히 오늘은 한마디 더 얹을 게 분명했다. 오빠 봐라, 결혼도 하고 애도 낳고 얼마나 좋으니. 나는 아랫입술을 씹다가 핸드폰 볼륨을 무음으로 바꾸었다.

텔레비전에 연예인 여럿이 나와 웃고 떠들었다. 한 사람이 이야기하자 다른 사람들이 몸을 앞뒤로 흔들며 박수를 치고 웃어댔다. 앞서 말한 사람이 고개를 숙이고 좌절하는 제스처를 했다. 화면에 굴욕이니 최초 공개니 하는 자막이 크게 나타났다 사라졌다. 나는 채널을 바꿨다. 정장을 입고 둘러앉은 사람들의 표정이 진지하다 못해 심각했다. 한 명이 단호한 말투로 주장했다. 말이 채 끝나기도 전에 다른 사람이 큰 소리로 반대 입장을 밝혔다. 선거를 앞두고 하는 토론 프로그램의 출연자들은 자신감이 넘쳤다. 내 말을 들으라고, 너는 틀렸다고. 나 역시 저런 태도와 말투로 말하고 싶었다.

퇴근길에 들른 병원으로 그가 찾아왔었다. 그가 안타까워하며 엄마의 손을 잡았다.

—이모, 괜찮으세요? 나이 드실수록 아프지 말아야 하는데.

나는 시선을 떨군 채 괜히 넘어져 있는 종이컵을 세우고 물병의 위치를 바꿨다. 엄마가 그에게 잡히지 않은 손을 들어 냉장고를 가리켰다.

—어째 얘는 아는 체를 안 할까, 저기 마실 것 좀 오빠 갖다줘.

주스를 꺼내 그에게 내밀었다. 그가 땅, 소리가 나게 병뚜껑을 돌렸다. 살 속으로 파묻힐 정도로 바짝 깎은 손톱, 마디 끝으로 갈수록 짙어지는 분홍 살빛, 땀에 불은 듯 축축하고 거인처럼 커다란 손. 나는 몸을 움츠렸다.

—엄마 잘 보살펴드려. 이제 네가 돌봐드려야 할 나이야.

보지 않아도 알 수 있는 엄마의 흐뭇한 미소가 정수리로 느껴졌다. 가슴이 콱 막혀 왔다. 슬쩍 그를 보았다. 엄마를 바라보는 눈에 눈물이 고여 있었다. 눈물이라니. 너나 잘해! 하는 외침이 명치를 타고 오르다 목구멍에 걸렸다. 결국 나는 아무 말도 하지 못했다.

노트북을 켜고 파일을 열었다. 오늘 끝내야 할 원고가 있었다. 기계적으로 원고를 읽어나갔다. 첫 문단 교정이 끝날 즈음 시끄러운 소리가 들려왔다. 남자가 고함을 쳤고, 가끔 물건이 깨지는 소리도 들렸다. 싸움은 한동안 계속됐다. 신경 쓰지 않으려 해도 도무지 원고에 집중할 수 없을 정도로 요란한 싸움이었다. 자판에서 손을 내리고 가만히 귀를 기울였다.

위층 301호 모자의 싸움은 아닌 듯했다. 그들은 물건을 부수진 않았다. 가끔 마주치는 수더분해 보이는 위층 여자는 집으로 들어가면 돌변했다. 고등학생 아들에게 온갖 욕을 해댔다. 모든 신체에 욕이 붙었고, 라임을 맞춘 것처럼 마지막은 언제나 새끼였다. 다 너 잘되라고 하는 말이라고 주장하는 한바탕의 욕이 지나가면, 방문을 쾅 닫는 소리로 마무리됐다. 그들의 싸움은 계절마다 돌아오는 진적굿처럼 정기적인 한풀이였다. 하지만 지금 들리는 소리는 달랐다. 소리를 지르는 건 오직 남자였다. 뭐라는지 알아들을 수 없는 격한 발성과 둔탁한 타격 소리가 들렸다. 나는 교정보던 파일을 닫고 카디건을 걸쳤다. 자리를 피한 사이 조용해져 있길 바랐다.

복도로 나오자 소리가 더욱 커졌다. 멍청한 년. 남자 목소리에 이어 아래층 현관문이 닫히는 소리가 났다. 좀 시간을 두고 계단을 내려갔다. 101호 앞에 여자가 서 있었다. 모른 척 표정을 감추며 흘깃 여자를 보았다. 여자는 몸을 팔로 감싸 안고 고개를 숙이고 있었다. 관심이 느껴지지 않도록 최대한 여자와 거리를 벌려 지나쳤다. 밖으로 나서자 서늘한 밤공기에 소름이 돋았다. 카디건의 단추를 잠갔다. 반팔 티셔츠 아래로 드러난 여자의 하얀 팔이 춥겠다 싶었지만 곧 생각을 지웠다.

걸음은 자연스레 빌라 뒤편 근린공원으로 향했다. 몇 해 전 구청장이 치적 사업으로 만든 공원이었다. 작은 야산이지만 나름 울창했던 나무를 뽑아내고 공터와 놀이터, 인공폭포를 만들어놓았다. 이른 봄이라 물을 빼버린 폭포는 삭막했다. 화학수지로 된 바위가 얼룩지고 을씨년스러웠다. 멀찍이 폭포를 피해 나무 계단을 올랐다. 그러다 지난날 이 공원에서 보았던 사람이 101호 여자란 걸 깨달았다.

지난겨울 밤새 눈이 내린 다음 날 아침이었다. 나는 발목까지 빠지도록 쌓인 눈을 구경하며 공원으로 향했다. 나무 계단은 발자국과 흩어진 눈으로 어지러웠다. 난간에 쌓인 눈을 손으로 쓸어 떨어뜨리며 계단을 올랐다. 어디선가 아이들의 왁자지껄한 소리가 들려왔다. 소란스러운 쪽으로 걸어갔다. 경사로에 초등학생으로 보이는 아이 대여섯 명이 눈썰매를 타고 있었다. 비닐봉지를 들고 순서를 기다리는 아이, 눈위를 미끄러져 내려가는 아이, 눈을 모아 하늘에 뿌리는 아이. 미끄러져 내려갈 때마다 아이들이 환호성을 질렀다.

그런데 아이들 틈에 키가 껑충한 성인이 있었다. 무릎까지 오는 두꺼운 점퍼를 입은 여자 손에 비닐봉지가 들려 있었다. 여자는 자신의 차례가 되자 활짝 웃으며 눈썰매를 탔다. 그리고 다시 씩씩대며 비탈을 올라갔다. 정상에 올라 또 신나게 미끄러져 내려갔다. 나는 빨갛게 상기된 여자의 볼을 보곤 미소를 지었었다.

문 앞에서 떨던 여자의 모습 위로 눈썰매를 타던 환한 얼굴이 겹쳐졌다. 무슨 잘못을 했기에 집에서 쫓겨날 정도인지 궁금했다. 일방적으로 욕을 먹으면서도 왜 가만히 있는지, 왜 아무 말도 못 하고 당하기만 하는지, 두들기는 소리가 여자가 맞는 소리는 아니었는지. 이어지는 의문들에 빠져들다 고개를 저었다. 나는 지금껏 이웃과 관계를 최소화하려 노력했다. 밀접한 공간 탓에 어쩔 수 없이 공유되는 정보들. 내가 언제 화장실 물을 내리는지, 얼마나 오래 샤워를 하고 뭘 먹는지 다른 이들에게 알려지는 게 부담스러웠다. 위층 모자가 왜 싸우는지, 아들이 상처받지는 않았는지, 화해는 했는지 알고 싶지 않았다. 모두와 적당한 거리를 유지하고 싶었다.

101호 여자에게 관심을 두지 말자고 마음먹었다. 어차피 내가 해줄 수 있는 건 없었다. 끼어들어 시시비비를 가려줄 수도, 대화로 해결하라고 말려줄 수도, 무슨 일인지 모른 채 경찰에 신고할 수도 없었다. 그건 피차 마찬가지였다. 내게 어떤 일이 벌어져도 그들이 해줄 수 있는 건 없었다. 그러니 불편을 무릅쓰고 노력을 기울일 필요 또한 없었다. 나는 공원을 돌아 오래 걸었다. 집으로 돌아왔을 때, 101호 앞에는 아무도 없었다.

다음 날 늦잠을 잤다. 편집장은 일의 완성도에는 너그러운 편이면서도, 시간 약속이나 책상 정리에 예민했다. 먼저 직장을 그만두고 다른 일을 알아보는 사이 인쇄소를 하는 선배가 아르바이트 자리를 소개했다.

—좀 특이하지만 무속신문 교정보는 건데, 쉬는 동안 돈도 벌고, 특별한 경험도 될 거고. 언제 그렇게 기가 충천한 곳에 섞여보겠어.

나는 선배 말에 호기심을 느끼면서도 무속신문이라는 게 마음에 걸렸다. 특이한 사람들이 모여 이상한 일을 하는 곳은 아닌지 의심스러웠다. 하지만 비교적 시간 활용이 자유로울 거라는 말에 출근을 결정했다. 틈틈이 쓰고 있는 시나리오를 생각하면 여유 시간이 절실했다. 작은 사무실에 책상 몇 개, 직원은 편집장과 내가 전부였다. 대부분의 기사는 편집장이 썼고, 간혹 외부 청탁으로 받은 글과 여러 자료를 짜깁기한 기사도 있었다. 그래도 한 달에 한 번 돌아오는 마감이 정신없기는 여느 신문사와 마찬가지였다.

교정을 마친 원고들을 USB에 옮겨 담고 서둘러 버스를 탔다. 간신히 지각을 면해 사무실에 도착했다. 책상을 정리하고 원고들을 프린트해 편집장에게 가져갔다. 편집장은 돋보기안경을 꺼내 쓰고 원고를 천천히 읽어나갔다. 수고했어요. 지금까지 교정 문제로 지적을 받은 적은 없었다. 편집장도 독자도 교정 교열에 크게 신경 쓰지 않는 듯했다. 인쇄 후 오타가 발견되어도 특별히 항의하는 사람은 없었다. 오히려 중요한 건 광고에 실린 무속인의 이름과 전화번호였다. 하지만 그 역시 편집장의 몫이므로 내가 욕먹을 일은 아니었다. 간혹 오는 항의 전화라 해봐야 내가 위령굿을 했는데 왜 기사를 실어주지 않느냐, 기사에 실린 박수무당이 가짜다, 우리 지역에서는 그렇게 굿을 하지 않는다는 식이었다.

교정을 봐야 하는 나머지 원고를 화면에 띄웠다. 「지역별 성주맞이 절차」와 「마음을 일으켜 이치에 닿게 한다, 물비소시勿祕昭示」라는 원고였다. 성주맞이는 편집장이, 물비소시는 정언 보살이 쓴 기사였다. 정언 보살은 꽤 용하기로 소문난 보살이면서 신문의 주요한 외부 필진이었다. 그녀는 칼럼을 쓰기도 했고, 기사가 될 만한 소재를 제보하기도 했다. 나는 자연스레 그녀와 통화하거나 만날 일이 잦았다. 그녀는 내가 상상하던 무당과는 달랐다. 카리스마가 느껴지면서도 이상하게 따뜻했다. 조심해야지, 마음먹었다가도 그녀 앞에만 가면 말이 많아지곤 했다. 그럴 때면 정언 보살은 네 말을 들을 준비가 되었으니 언제든 말하라는 듯 지긋이 나를 바라보았다. 재촉하지 않았고, 아는 체도 하지 않았다. 그저 스스로 입을 열 때까지 기다리겠다는 태도였다.

나는 사주팔자나 점, 운명을 믿지 않지만 그녀를 만나면 편안했다. 꽉 쥐었던 주먹이 스르르 펴지고 긴장이 풀렸다. 이런 매력 때문인지 그녀를 찾는 사람이 많았다. 가끔 정언 보살이 상담하는 걸 볼 기회가 있었다. 자식의 궁합을 보고 결혼 날짜를 잡으려는 엄마, 남편의 바람기를 잡고 싶은 아내, 원인 모를 병을 앓는 아이의 아빠, 손자를 기다리는 할머니, 대박을 기원하며 개업일을 택일 받으려는 식당 주인, 속궁합이 맞지 않아 괴로워하는 남녀들.

부적이나 굿을 믿는 사람은 의외로 많았다. 그들이 결국 소원을 이루었는지는 모르겠다. 하지만 나는 새로운 사실을 알게 되었다. 사람들이 차마 남에게 말하지 못하던 은밀한 비밀까지 보살에게 털어놓는다는 거였다. 그러면서 그들은 상황을 직시하는 것처럼 보였다. 말하고, 가슴 치고, 울면서 자신의 문제를 객관화했다. 고통을 발설하는 것만으로 힘을 얻는 듯했다. 중간중간 정언 보살이 쯔쯧 하고 추임새를 넣고, 그렇지 하고 동의를 보이고, 혼란스러워하는 순간에 안돼 하며 호통을 치는 것만으로도 충분해 보였다. 나는 보살의 역할이 영화에서 보았던 심리상담사와 비슷하다는 생각을 했다.

두 원고를 꼼꼼히 읽어 교정을 끝냈다. 시계를 보니 벌써 열두 시가 넘었다. 마음이 급해졌다. 아직 인터뷰 기사가 남았다. 「풀이와 들이」는 유일하게 내가 쓰는 기사였다. 몇 달 전 편집장은 전문 지식이 필요치 않은 소프트한 기사라며 내게 코너를 넘겼다. 내가 부담스러워하자 형식도 내용도 상관없으니 이야기 짓듯 편하게 쓰라고 했다. 시나리오 쓰는 사람에겐 어려운 일도 아닐 거라며 설득했다. 처음에는 낯선 이를 만나는 게 어색했지만 회를 거듭할수록 삶의 다양한 이면을 듣는 일이 흥미로웠다. 시나리오에 도움이 될 거라는 욕심도 생겼다.

이번 인터뷰이는 정언 보살에게 소개받은 사람이었다. 딸에게 신이 들었다며 굿을 해달라고 어머니가 찾아왔지만 정언 보살은 신병이 아니라고 했다. 김수연, 이십팔 세. 멀쩡하던 사람이 어느 날 아프기 시작했고, 삼 년 전부터 이상한 말을 되풀이한다고 했다. 대화가 힘들 수도 있어요. 그래도 모든 인연에는 뜻이 있지요. 정언 보살이 통화 말미에 덧붙였다. 무슨 뜬금없는 소리인가 싶으면서도, 어렵더라도 해보라는 격려로 받아들였다.

나는 주소와 연락처를 가지고 사무실을 나갔다. 어느새 비가 내리고 있었다. 봄비치고는 꽤 세찼다. 버스에서 내려 한참을 걸었다. 핸드폰으로 검색한 주소만으로는 집을 찾기 어려운 동네였다. 근처일 거라는 확신은 있었지만, 작은 집들이 연달아 붙어 있고 주소 판이 없는 곳도 많아 어느 집인지 알 수 없었다. 우산 하나 겨우 지나는 골목길을 십여 분 걸었다. 차가운 비가 우산 안까지 들이쳐 몸을 적셨다. 어쩔 수 없이 전화를 걸었다. 전화를 받은 수연 씨 어머니는 귀가 어두웠다. 나는 비 오는 골목에서 미친 사람처럼 전화기에 대고 소리를 질러야 했다. 질문과 대답이 어긋나는 어수선한 통화였다. 그나마 그렇게라도 집을 찾은 게 다행이었다.

집은 가파른 오르막길 중턱에 있었다. 대문이 좁아 우산을 접고 고개를 숙였다. 밖에서 본 남루함과는 다르게 마당이 아담했다. 담장 아래 핀 노란 수선화가 빗방울을 맞아 흔들렸다. 수선화에 시선을 뺏긴 내게 수연 씨 어머니가 말했다. 우리 딸이 정신 멀쩡할 때 심은 거여. 네. 보살님 부탁이라 하긴 하는데 나는 영 내키지 않아. 허락해주셔서 고맙습니다. 수연 씨 어머니는 어깨의 물기를 털어내고 방으로 들어갔다. 여러 차례 겪은 일이었다. 고민스러운 문제를 안고 무속인까지 찾아올 정도이니 남에게 드러내기 꺼려지는 건 어쩌면 당연했다.

화단이 끝나는 지점에 철제 계단이 옥상으로 이어졌다. 남색 페인트가 군데군데 벗겨지고 녹슨 계단을 따라 고개를 들었다. 순간 멈칫했다. 옥상에 우산도 쓰지 않은 여자가 머리카락을 늘어뜨린 채 쪼그리고 앉아 있었다. 나는 여자가 수연 씨라고 직감했다. 수연 씨는 손가락으로 바닥에 글씨를 쓰듯 꼼지락거렸다. 그러다 비가 내리는 허공을 보며 중얼거렸다.

—안 돼, 그렇게 안 돼, 거기 있어, 거기.

토막토막 끊긴 말이 이어졌다. 수연 씨 어머니가 들어간 유리 미닫이문을 보았다. 안에서 텔레비전 소리가 들렸다. 나는 옥상을 향해 말했다.

—잠깐 얘기 좀 할 수 있을까요? 제가 올라갈게요. 괜찮을까요?

수연 씨가 중얼거림을 멈추고 고개를 내렸다. 나를 보는 것 같았다. 하지만 대답은 않고 바닥에 손가락으로 뭔가를 그렸다. 나는 철제 계단을 올랐다. 삐거덕거리는 계단은 좁기까지 해서 조심스럽게 발을 디뎠다. 난간도 없는 콘크리트 지붕일 뿐인 옥상은 옹색했다. 굴곡진 바닥에 비가 고였고, 배수구 없이 마당 여기저기로 물이 흘러내렸다. 수연 씨는 반복해서 알 수 없는 말을 웅얼거리다가, 손가락으로 고인 물을 저었다. 글씨를 쓰는 것 같다가도 둥글게 나선을 그렸다. 나는 고인 물을 피해 발을 디디며 가까이 다가갔다.

—수연 씨?

수연 씨는 아무 대답도 하지 않았다. 나는 돌아보지 않는 그녀의 젖은 뒤통수를 바라보다 옆에 쪼그리고 앉았다. 언제부터 비를 맞았는지 입술이 파랬고 앙상한 손도 덜덜 떨고 있었다. 우산을 고쳐 잡고 수연 씨 머리 위로 옮겼다. 내 머리 위로 비가 떨어졌다. 수연 씨가 고개를 들어 어딘가에 시선을 두었다. 나도 따라 고개를 들어 그녀의 시선이 머무른 곳을 찾았다. 허공으로 떨어지는 비 말고 특별한 건 없었다. 그때 또렷한 말소리가 들렸다.

—나만 본다, 눈이 있고 입을 벌리고, 앞발을 들고 이렇게 서서.

나는 놀라 수연 씨를 바라보았다. 수연 씨가 앞발을 든 동물처럼 두 손을 모아 앞으로 내밀었다. 그러곤 다시 고개를 숙이고 고인 물을 젓기 시작했다. 나 들으라고 한 말인지, 그저 혼자 중얼거리는 건지 판단이 서지 않았다.

—무슨 뜻이에요? 저한테 말한 건가요?

역시 대답이 없었다. 대화가 가능한 상대가 아니었다. 그런데도 무엇인가 나를 잡아당기고 있다는 강렬한 느낌을 받았다. 수연 씨 옆에 앉아 마당만 내려다보았다. 추적이는 비, 노란 수선화, 물 위에 그려진 기호, 그것들이 자아내는 분위기 때문인지도 몰랐다.

얼마 뒤 대문이 열리고 사십 살 안팎으로 보이는 남자가 들어왔다. 남자는 마당에 들어서자마자 곧장 고개를 옥상으로 향해 들었고 멈칫했다. 나는 어색하게나마 미소를 지어 허락 없이 들어온 이상한 사람이 아님을 알렸다. 남자는 두툼한 입술을 일자로 다물고 미간을 찌푸리는 것으로 경계를 내비쳤다. 우산을 접는 내내 나를 주시했다. 나는 한 번 더 미소를 지었다. 남자가 나를 향하던 눈길을 거두고 우산을 벽에 세웠다. 그리고 수연 씨를 쳐다보았다. 순간 가슴에 섬뜩함이 꽂혔다. 지네가 피부 위를 기어가는 느낌, 저 눈빛, 몸을 훑는 칼날, 머릿속에서 수십 번 재생된 영상.

스무 살 여름, 나는 친구를 만나러 가는 길이었다. 맞은편에서 그가 걸어오고 있었다. 꽤 거리가 있었지만 이쪽으로 시선을 고정한 이가 그라는 걸 본능적으로 알아챘다. 당황했고 빠져나갈 골목을 찾았지만 길은 없었다. 급히 친구에게 전화를 걸었다. 통화하느라 못 본 척 지나치고 싶었다.

전화기에서 들뜬 목소리가 들려왔다. 이런 시골에 스타벅

스가 웬 말이니. 고개를 모로 돌리고 나 역시 호들갑을 떨었다. 그러게 엄청 변했어. 부자연스러울 정도로 활기찬 대화가 오고 갔다. 하지만 그가 나를 불렀다. 오랜만이다, 대학 가더니 짧은 치마도 입고 예뻐졌네. 전화기에서 투썸플레이스, 할리스, 탐앤탐스가 흘러나왔고 나는 고개를 떨궜다. 집으로 되돌아가 옷을 모두 벗었다. 나를 훑어보던 눈빛이 자꾸 떠올랐다. 새로 산 미니스커트, 반팔 니트, 굽 높은 힐, 속옷까지 뭉쳐 쓰레기봉투에 처넣었다.

기억은 늘 내가 모르는 곳에 숨어 있다 불쑥 일상을 침범해 들어왔다. 침착하려 애쓰며 숨을 들이마셨다. 어느새 수연 씨는 등을 보이며 돌아앉아 있었다. 들러붙은 티셔츠 위로 마른 등이 도드라졌다. 그 자세로 목을 움츠리고 고개를 비스듬히 돌렸다. 눈이 보이진 않았지만 늘어진 머리카락 사이로 남자를 살피고 있는 게 분명했다. 그런 모습이 두들겨 맞고 몸을 사리면서도 주인 눈치를 보는 강아지를 닮았다고 생각했다. 남자가 옥상을 향하던 시선을 거두고 집안을 향해 소리쳤다. 저 왔어요. 남자가 방으로 들어간 뒤 나는 수연 씨에게 물었다. 저, 사람이죠? 수연 씨가 고개를 끄덕였다고 생각한 건, 내 착각이었을까.

수연 씨가 신경 쓰였지만 이곳에 조금도 더 머무르고 싶지 않았다. 끈적한 기운이 나를 휘감는 것만 같았다. 수연 씨

손에 우산을 쥐여 주고 옥상을 내려갔다. 남자가 들어간 방이 저절로 살펴졌다. 나무 방문은 어둡고 육중했다. 두려움이 일었다. 한 번 더 옥상을 올려다보았다. 수연 씨는 처음처럼 바닥에 뭔가를 쓰고 있었다. 나는 그냥 가면 안 된다고 생각하면서도 밖으로 나갔다. 누군가 뒤통수를 노려보는 것 같은 오싹함에 급히 대문을 닫았다.

편의점에서 우산을 사서 지하철역으로 향했다. 집으로 가는 내내 어수선한 마음을 정리하려 노력했다. 수연 씨를 그대로 남겨두고 온 게 마음에 걸렸다. 하지만 따져보면 막상 내가 해줄 수 있는 일은 없었다. 수연 씨가 아무도 알아듣지 못할 말을 중얼거리듯 나 역시 아무 말도 못 하고 고개만 숙이는 사람이었다. 그래도 뭔가 해야 했다는 생각이 한 귀퉁이에 들러붙어 떨어지지 않았다. 막막함이 일었다.

지하철역을 나왔을 때 비는 그쳐 있었다. 하지만 이미 젖은 몸이 춥고 떨렸다. 따뜻한 걸 마시고 싶었다. 집으로 향하던 걸음을 돌려 근처 슈퍼로 들어갔다. 음료수 냉장고를 지나 진열대 위에 놓인 온장고를 열었다. 여러 병을 만져본 뒤 가장 따뜻한 캔 커피를 꺼냈다. 계산대에는 먼저 온 손님이 있었다. 101호 여자였다. 나는 여자 옆에 서서 기다렸다. 계산대에 두부 한 모, 콩나물 한 봉지, 양파 그리고 꽈배기 과자가 놓여 있었다. 여자의 벌어진 겉옷 사이로 스마일 마크가 그려진 티셔츠가 보였다. 눈이 동그랗고, 입이 둥글게 말린 노란 동그라미가 여자 가슴 위에서 활짝 웃고 있었다.

여자가 망설이는 태도로 꽈배기 과자를 들었다 놓았다. 동전 지갑을 뒤집어 오백 원, 백 원 동전까지 꺼내어 셌다. 슈퍼 주인은 동전을 세는 여자를 기다리다 계산기의 더하기를 반복해서 두들겼다. 손바닥에 놓인 동전을 세던 여자 얼굴에 실망감이 스쳤다. 어색하게 웃으며 과자를 한쪽으로 치우고 나머지 물건들을 가리키며 말했다. 이것만 주세요. 주인은 그럴 줄 알았다는 듯 바로 물건을 담았다. 여자가 봉지를 들고 밖으로 나갔다.

나는 캔 커피와 함께 카드를 내밀었다. 주인이 묻지도 않은 말을 했다. 에이그, 그놈의 과자 하나를 못 사서. 혀까지 차며 얼굴을 찡그렸다. 나는 어젯밤 일이 떠올라 별 뜻 없이 물었다. 돈이 모자랐나 봐요? 주인이 카드를 단말기에 꽂았다. 저이는 꼭 어린애 같잖아. 그런데 남편이 얼마나 쥐어짜는지, 매일 장 볼 돈을 딱 맞춰 준다더라고. 그러니 과자 한 봉지 맘대로 살 수 있나. 개, 고양이 기르는 것도 아니고. 마음이 싸해졌다. 주인이 비밀을 말하듯 톤을 낮춰 속삭였다. 답답한 구석이 있긴 해. 내 생각엔 좀 모자란 게 아닌가 싶어. 그 말에 충동적으로 꽈배기 과자를 집어 들었다. 이거 같이 계산해주세요. 주인이 별일이라는 표정으로 입을 삐죽했다. 그러나 군말 없이 물건을 담아주었다.

슈퍼를 나와 빠르게 걸었다. 앞서가는 여자가 보였다. 급하게 쫓아 바로 뒤까지 다가갔다. 비닐봉지를 열어 과자를 꺼내다 부스럭 소리에 놀라 다시 집어넣었다. 무심해 보이는 여자의 뒷모습을 보니 괜한 짓이란 생각이 들었다. 아무 의도도, 상관도 없었던 듯 여자와 간격을 벌려 걸었다. 하지만 속으론 뭐라 말을 꺼내야 할지 자꾸 단어를 고르고 있었다. 여자가 빌라로 들어섰다. 문 앞에서 열쇠를 찾느라 주머니를 뒤적였다. 순간 망설이던 마음이 사라지고 지금이 기회라는 생각이 솟구쳤다. 누군가 나를 주시하는 것 같아 둘러보았지만 지나가는 사람은 없었다. 에라 모르겠다, 하는 심정으로 여자에게 다가갔다. 저기요. 여자가 뒤를 돌아봤다. 나는 과자를 꺼내 여자에게 내밀었다.

—이거, 슈퍼 아줌마가 실수로 넣었는데, 저는 과자를 전혀 안 먹어서요.

'전혀'를 어색할 정도로 크게 발음했다. 말을 하면서 내 말이 얼마나 설득력 없는지 확인받는 느낌이었다. 여자가 당황해했다. 갑작스러운 상황에 놀라 눈을 크게 뜨고 과자와 나를 번갈아 쳐다보았다. 무슨 용기에선지 한마디 더 보탰다.

—그래서 이거 드시라구요.

진심이란 표시로 과자를 두 손으로 잡아 내밀었다. 그제야 상황을 파악한 여자가 대답했다.

—안 먹어도 돼요, 이제 괜찮아요.

괜찮다는 말이 괜찮지 않게 들렸다. 여자의 손을 잡으며 무작정 과자를 들이밀었다. 여자의 손등과 내 손바닥이 맞닿았다. 서늘한 손등이 쓸리어 지나갔다. 여자가 손을 빼고 담담하게 말했다.

—정말 괜찮아요.

나는 민망해져 과자를 다시 비닐봉지에 담았다. 그제야 용기를 내어 여자를 마주 보았다. 목을 가다듬어 내가 낼 수 있는 가장 부드럽고 따뜻한 목소리로 말했다.

—전 201호 살아요.

노력과 달리 눌려 갈라진 소리가 나왔다. 또 민망해져 멋쩍게 웃었다. 여자도 이미 알고 있다는 듯 고개를 끄덕이며 미소를 보였다.

집에 들어오자마자 후회했다. 과한 짓을 한 건 아닌지, 여자가 오히려 기분이 상한 건 아닌지. 한편으론 앞으로 여자와 마주칠 때 인사할 계기로는 나쁘지 않은 첫 만남이라고 스스로를 다독였다. 젖은 옷을 벗고 새로 갈아입었지만 열이 나고 기운이 없었다. 기사를 쓰려면 어떻게든 버텨야 했다. 해열제를 찾아 캔 커피와 함께 삼켰다. 마음을 가다듬고 노트북 앞에 앉았지만 난감했다. 수연 씨와의 만남은 인터뷰라고 할 수도 없었다. 도망치듯 그렇게 나올 게 아니라 어머니와 얘기해볼 걸 후회됐다. 어디서부터 시작해야 할지 몰라 멍하니 있었다. 피아노 치듯 자판 위에 손가락을 올리고 화면을 노려보았다. 이야기를 짓듯 쓰라던 편집장의 말이 떠올랐다. 어떻게든 써보고, 안 되면 솔직히 말하는 수밖에 없었다.

'비에 젖어 늘어진 머리카락, 물웅덩이를 젓던 손가락, 웅얼거리면서도 또렷하게 들리던 이상한 낱말들'이라고 쓰고 엔터를 쳤다. '갇혀버린 수연 씨'라고 쓰고 연거푸 '말 말 말 말 말 말'이라고 썼다. 글자 뒤에서 커서가 깜박였다. 우두커니 커서만 보았다. 편집장의 저음이 들리는 듯했다. 그렇게 안 봤는데, 약속을 지킬 줄 모르는 사람이었나? 나는 고개를 내저었다.

언제 마셨는지도 모르게 커피는 비어 있었다. 화면에 쓰인 글을 여러 번 되뇌었다. 해열제도 소용없는지 열이 계속 오르고 몸이 점점 처졌다. 소파에 몸을 눕히고, 텔레비전을 켰다. 잠들지 않아야 한다고 생각하면서도 눈꺼풀이 점점 무거워졌다. 텔레비전 소리가 알아들을 수 없는 웅성거림으로 변해갔다. 잠들면 안 되는데. 눈을 뜨려고 안간힘을 썼다.

하지만 눈꺼풀은 계속 내리감겼다.

잠이 들었던가. 순간 아침이라는 생각에 눈을 번쩍 떴다. 몸을 일으키려 팔꿈치에 힘을 주었다. 그런데 꼼짝할 수가 없었다. 동시에 투명한 영상이 눈앞에 나타났다 겹쳐지고 흩어졌다. 뻐끔거리는 물고기의 입 위로 빨간 파리채가 날아오고 뿌연 해파리가 둥실 떠오르자 줄자가 나타나 형광빛을 내는 해파리 다리를 휘감았다. 나는 이건 꿈이라는 걸 꿈속에서 깨달았다. 그리고 아직 아침이 아닐 거라는 생각에 안도했다. 멀리서 개구리가 울기 시작했다. 꿕. 꿕. 꿕. 개구리 소리에 귀를 기울였다. 꿕꿕 소리가 점점 더 커졌다. 처음에는 낮게 울다 점차 빠르고 날카롭게 바뀌었다. 팔에 힘을 주었고 압박에서 풀린 팔이 갑자기 튀어 올랐다.

커튼 위로 빛이 번쩍거리고 사이렌이 요란하게 울렸다. 몸을 일으켜 창으로 다가갔다. 커튼을 젖혔다. 어둠 속에서 구급차의 경광등이 날 선 빛을 뿜어냈다. 구급대원 둘이 들것을 들고 빌라 현관을 나왔다. 나는 창문을 열고 고개를 내밀었다. 아릿한 꽃향기가 끼쳐왔다. 들것에 실린 여자의 옷 여기저기에 핏자국이 선명했다. 손목에 단단히 감긴 붕대 위로도 피가 스며 있었다. 양복을 입은 남자가 초조한 몸짓으로 들것을 따라갔다. 남자는 구급차 옆에 서서 주먹을 쥐었다 펴기를 반복했다. 남자의 손과 소매에도 피가 묻어 있었다. 들것이 차에 실리고 남자가 함께 차에 올랐다. 구급차는 사이렌을 울리며 건물들 사이로 사라졌다.

여자가 이런 선택을 할 줄은 미처 예상 못 했다. 왜 오늘, 왜 갑자기, 지금껏 버텨왔으면서 왜, 어제와 다르지 않은 오늘이었을 텐데 왜. 거실을 오고 가며 계속 생각했다. 밀려오는 초조함에 몇 번이고 침을 삼켰다. 뜬금없이 내 탓이라는 생각이 들었다. 여자를 슈퍼에서 마주치지 않았다면, 과자를 건네지 않았다면, 도로 과자를 봉지에 넣지 않았더라면. 아니 조금이라도 일찍, 며칠 몇 달이라도 먼저 여자에게 말을 걸었더라면. 나는 거실을 서성였다. 그러다 우뚝 멈춰 섰다. 꼭 수행할 임무가 있는 사람처럼 밖으로 나갔다.

계단을 내려가 101호로 갔다. 현관문이 활짝 열려 있었다. 조심스럽게 안을 들여다보았다. 깨끗이 닦인 장식장, 가장자리가 닳았지만 보푸라기 없이 깔끔한 소파 덮개, 한쪽에 차곡히 쌓인 정리 박스. 환하고 단정한 집 안에서 흐트러져 구겨진 카펫과 점점이 떨어진 붉은 핏자국만 비틀린 광경이었다. 핏자국을 따라 시선을 움직였다. 그 끝에 콜라병이 있었다. 라벨도 없이 투명한 콜라병은 오래 사용한 듯 낡았다. 이유를 알 수 없는 소름이 돋았다. 숨을 멈췄다. 얼른 문을 닫고 계단을 뛰어올랐다.

집으로 돌아와 현관문을 닫고서야 숨을 내쉬었다. 신발도 벗지 않은 채 현관에 한참을 서 있다 냉장고에서 물을 꺼내 마셨다. 한 번이라도 하지 말라고 말한 적 있는지, 누군가에게 도움을 청할 수는 없었는지. 아니면 자신의 이야기를 하기에 여자는 너무 어렸던 걸까. 또다시 썰매를 타던 때의 환한 웃음과 반팔 차림으로 떨던 모습이 스쳐 지나갔다. 아무도 모르게, 어쩌면 스스로도 모르게 쌓여간 이야기를 여자는 끝내 하지 못했다.

컵을 식탁에 내려놓고 과자 봉지를 뜯었다. 봉지가 벌어지며 은빛 알루미늄 포장지가 드러났다. 과자라도 실컷 먹지. 과자는 일제히 한 방향으로 뒤틀려 있었다. 과자를 하나 집어 입에 넣었다. 바삭한 과자를 꾹꾹 눌러 씹었다. 가슴에서 몽둥이 같은 것이 불뚝불뚝 목구멍으로 올라왔다. 아무리 악착같이 버텨도 결국은 놓아버리게 되는 순간이 있는 걸까. 몽둥이 같은 것을 삼키며 과자를 또 입에 넣었다. 달콤함이 퍼졌다. 눈이 아팠지만 더 크게 떴다. 없던 일인 듯 기억하지 않고 살고 싶었다. 중간중간 끊긴 기억을 더듬으며 사실이 아니라고 부정했다. 책에서 읽은 내용이나, 텔레비전에서 본 장면을 혼동한 걸지도 모른다고 생각했다. 그럴수록 신기하게 기억은 점점 흐려졌다. 복잡한 꿈을 꾸고 깨어나 꿈속을 뒤질수록 더 흐려지듯 기억은 옅어졌다. 이상한 건 그와 마주칠 때마다 몸에서 일어나는 반응이었다. 내 뒤통수나 가슴팍이나 등에 그의 시선이 창처럼 꽂혀 있는 느낌이었다. 그래도 나만 입 다물면 아무 문제 없는 거라고 믿었다. 하지만 이제 더 이상 출구 없이 막힌 곳을 맴돌고 싶지 않았다. 그를 만나면 소리치고 싶었다. 나, 다 기억하고 있어. 내가 배운 이 세상의 모든 욕을 퍼붓고 싶었다.

한을 읊는 거지, 스스로 풀지 못해 날 찾아오면 그 속을 대신 읊어주는 거지. 정언 보살은 말했었다. 나 역시 무슨 일이 있었던 거냐고 누군가 물어봐 주길 하염없이 기다렸다. 정언 보살에게도, 엄마에게도, 누구에게도 말하지 못했던 이야기, 기억 속에 멈춰버린 내 이야기, 한 번도 뱉어내지 못한 그녀 이야기, 미련하게 참기만 했던 여자 이야기. 나는 시나리오도, 인터뷰 기사도 아닌 이야기를 쓰기 시작했다.

그날은 여름일 수도, 겨울일 수도 있다. 아이는 초등학교 이 학년. 집이 이사를 하게 되어 전학을 가야 하는 상황이다. 담임 선생은 얼마 남지 않은 학년을 마저 마치라고 말한다. 아이의 엄마는 아이를 이모네 집에 남겨두고 이사한다. 정황으로 보아 늦가을이나 겨울이겠지만, 아이의 기억은 뒤죽박죽이다. 그날 아이는 계속 땀을 흘린다. 그래서 여름이라고 생각한다. 그런데 그의 방에는 두꺼운 솜이불이 깔려 있다.

그때가 언제인지 정확히 가늠하지 못한다. 그의 나이도 가늠하지 못한다. 아이와 그의 나이 차이로 보아 고등학교 일 학년. 하지만 아이에게 그는 거인처럼 커다란 어른이다. **페이드아웃**. 웬일인지 아이는 그의 방에 있다. 방 안에 가득하던 후덥지근하고 미끈거리는 기운을 기억한다. 아이는 방을 뛰쳐나가고 싶다. 하지만 생각대로 박차고 일어나지 못한다. 그런 행동을 하면 예의 없는 계집애가 될 것만 같다. **페이드아웃**. 아이는 이불 위에 누워 있다. 그가 말한다. 키가 얼마인지 재어보자. 아이는 몸을 반듯이 하고 키 재기를 기다린다. 키만 재고 밖으로 나가고 싶다. 아이의 정수리에 그의 새끼손가락이 닿는다. 한 뼘, 두 뼘. 늘 북적이던 집이 왜 이렇게 조용한지. 언니들은, 이모는 어디 갔는지. 아이는 그것이 참 이상하다고 생각한다. 그러면서 동시에 아무도 이 방에 들어와서는 안 된다고 생각한다. 세 뼘. 많이 덥다. 땀이 등허리를 축축하게 적신다. 키 재기를 얼른 끝내고 찬 바람을 맞으면 좋을 것 같다. 네 뼘. 널찍널찍하게 내려오던 그의 엄지손가락이 아이의 배꼽에 닿는다. 배꼽 안쪽으로 이어진 실이 잡아당겨져 항문까지 오그라드는 느낌이다. 다섯 뼘. 엄지손가락이 아이의 가랑이에 닿는다. 이제 세 뼘만 더 재면 키 재기가 끝날 거라고 아이는 안심한다. 하지만 키 재기는 다섯 뼘에서 멈춰 좀처럼 끝나지 않는다. **페이드아웃**.

해설

# 존재론적 해방을 위한 파토스

신수진(문학평론가)

## 1. 들어가며

소설의 죽음을 예견하던 저 2000년대의 서막으로부터 한참 멀리 온 지금도 여전히 소설은 무엇인가 무엇이어야 하는가에 대한 질문은 유효한 듯싶다. 우리의 감각을 완벽히 장악하고 지각을 온통 전율케 하는 스펙터클한 장르들에 비해 천천히 글자를 읽어나가며 온전히 내재화해야 하는 소설이 가질 수 있는 힘에 대해 생각해본다. 그것은 한 인물의 내면과 밀도 있게 만나고 그를 이해하기 위한 과정에 육박해 감으로써 궁극적으로 타자성의 경험이나 반성적 사유 같은 핍진함에 이르는 것이다.

체계적이고 합리적으로 축조된 현실의 이데아에서 폐부를 찌르는 광포한 생명력과 상징적인 미학 테제로 존재론적 자의식을 각인시키는 김산아는 이번 첫 소설집에서 데뷔작을 포함해 정신분석학적이고 사회학적인 통찰을 요하는 여덟 편의 문제작들을 보여준다. 젠더, 소수자, 폭력, 결혼, 가족, 자유, 타자성, 노동, 자본, 불평등, 동물권 같은 아젠다를 통해 세계와 불화하는 인물의 전형을 창출해낼 뿐 아니라 소설 문법의 정교한 디테일로 파토스에 구체적 실감을 부여함으로써 '김산아'라는 유니크한 장르의 출현을 증명했다.

## 2. 속물주의에 대한 환멸과 이중성의 고통

속물俗物은 교양이 없거나 식견이 좁고 금전이나 명예 같은 눈앞의 이익에만 신경을 쓰는 사람을 속되게 이르는 말이다. 상류 계층을 동경하여 고상한 체하고 우월감에 빠져 있는 사람을 의미하는 스노브snob와도 혼용된다. '스노비즘snobbism'은 19세기 영국에서 하류층을 뜻하는 말에서 유래되었지만 누구나 속악한 현실의 경향을 의식하지 않을 수 없기 때문에 모든 계급에 속물적 근성이나 문화적 허영은 존재한다. 그저 사치스럽고 향유적인 사람들을 피상적이라거나 계산적이라고 정죄하는 것은 쉽다. 예컨대 귀족적 취향이나 인정 욕구 자체가 문제인 것이 아니라 이를 통해 배타적인 위계를 조성하고 상대적인 박탈감을 조장하는 것이 문제인 것이다.

그러고도 재희네 아파트는 다른 곳보다 더, 계속, 가격이 올랐다. 흥분이 가라앉고 일상으로 돌아간 남편은 상황을 자연스럽게 받아들였다. 하지만 재희는 적응하기 어려웠다. 몇 년 동안 벌어진 일을 순서대로 짚으면 인과관계야 있었지만 아파트 가격이, 통장에 찍혀 있는 숫자가 비현실적이었다. 기쁜 건 분명한데 어딘가 낯설고 불안했다. 아무 이유 없이 다가온 행운을 그냥 받아들여도 될지. 노력의 결과라고 하기엔 너무 많이 가지게 된 돈의 진실이 따로 있는 것은 아닌지. 고속도로에서 뒤집힌 차를 지나쳐 가며, 내가 아니라서 다행이라는 안도감과 그 안도감을 자각하는 순간 잇따라 밀려오는 죄책감처럼 가슴뼈 아래 단단한 덩어리가 박힌 느낌이었다.

—「머문 자리」 부분

적금을 찾고 대출을 받아 장만했던 낡은 아파트와 십 년 넘게 방치했던 주식 가격이 오르며 벼락부자가 된 재희네는 강남에 입성한다. 멋들어진 서재에서 가장 최근부터 과거로 거슬러가며 책들을 박스로 버리는 재희의 행위는 신념만으로 버티다가 생활의 한계에 다다랐던 과거를 청산하는 의식인 셈이다. 오 년 전까지 반빈곤운동 사회단체에서 일하던 재희는 "우리 같은 사람들의 역사는 스스로 기록하지 않으면 아무도 기억해주지 않"는다는 인석과 만들던 잡지 『머문자리』를 버릴 수 없어 인석을 만나러 간다.

26층 여자가 아파트 관리 인력을 비정규직으로 전환하기 위한 서명을 받으러 왔을 때 "잘 다려 구김 없는 셔츠 같은, 경계심을 순간 신뢰로 바꿔버리는 냄새"를 맡는 재희는 참기 힘든 그 특유의 냄새 때문에 아무도 앉지 않는 지하철 노숙인의 옆자리에 "이 사람의 존엄은 내가 지킨다"라는 듯이 앉았던 그 시절로 이제는 돌아갈 수 없음을 예감한다.

목숨을 걸 만한 일에 대해서 생각하고 실천했던 사람들. 동료들이 단체를 거쳐 정치권에 들어가거나 각자 삶을 찾아갈 때도 평생 현장에서 가난한 사람들을 지켰던 인석, 대학에서 술집에서 집회에서 불렀던 수많은 작자 미상 곡들의 가사를 쓰고도 저작권료를 받지 않았던 신철. 재희가 영감을 받고 존경했던 영웅들은 경제적 이익보다 사회적 의미를 더 위해온 대가로 빈곤하고 초라한 말로를 맞았다.

김산아의 소설은 수단과 방법을 가리지 않고 세속적 성공을 좇는 현상 때문에 인간이 인간의 본질이라고 할 만한 어떤 것을 잃어버린 것에 대한 신랄한 비판 의식을 내재하고 있다. 생명력 · 고유함 · 진정성이라 부를 만한 어떤 가치에의 탐구 대신 순응과 위선과 허영에 대한 탐닉만이 남은 상태. 그리하여 소설 전반에서 스노비즘이라고 할 법한 현대적 병폐를 관통시키고 있는 김산아에게 반대급부로서 부상하게 되는 것은 진정성의 윤리다.

우두머리 수컷의 눈이 번쩍입니다. 무심히 걸음을 내딛는 듯하지만 눈빛만은 사냥감을 찾을 때처럼 매섭습니다. 외부의 침입을 피할 수 있는 곳인지 살피는 것일 테죠. 수컷이 어슬렁거리던 걸음을 멈추고 제자리를 맴돕니다. 울창한 나무로 둘러싸인 이곳이 무리를 들이기에 안전하다는 걸 본능적으로 알아차리죠. 나무를 어깨로 들이받아 튼튼한지 확인합니다. 바닥을 문질러 튀어나온 돌도 옆으로 밀어냅니다. 영역을 표시하는 절차죠. 그리고 가슴을 한껏 부풀려 수컷다움을 뽐냅니다. 오늘 밤 무리는 이곳에 머물게 될 겁니다. 이제 수컷이 자신을 기다리고 있는 무리를 돌아봅니다.

그가 나를 돌아봤다. 나온 배를 더 내밀고 한 팔을 뻗어 바닥을 가리켰다. 눈빛에 좋은 자리를 찾아냈다는 뿌듯함이 비쳤다. 나는 텔레비전에서 보았던 동물의 왕국을 떠올렸다. 적을 향해 포효하는 사자나 암

> 컷을 유혹하려 알록달록한 깃털을 곧추세우는 새가 나오는. 그는 도시에서 드러낼 수 없었던 수컷성을 이곳에서 맘껏 뽐어내려는 것 같았다. 당장 화답하지 않으면 수컷성은 실망할 게 분명했다. 나는 최대한 크게 미소 지었다. 아마 나의 미소는 '우리 가족을 위해 좋은 장소를 고른 당신이 자랑스러워요' 하는 메시지로 전달될 거였다. 그가 밝게 웃으며 어깨를 활짝 폈다.
>
> —「오늘도 캠핑」 부분

「오늘도 캠핑」에 등장하는 이 단란한 가족은 한국 사회 중산층의 스노비즘을 모델화한다. 김산아는 구별짓기를 통해 행복 배틀을 하려는 부류, 즉 캠핑장에서 극대화되는 남편의 우스꽝스러움을 동물 다큐멘터리의 내레이션으로 희화화한다. 남편으로 대표되는 지금 여기의 보편적인 사람들에게 중요한 것은 상대적 분포에서의 좌표일 뿐 절대적 지평에서의 의미가 아니다. 자신과 타인에 대한 이해와 공명보다 자신이 타인보다 이타적이고 영향력이 있는가를 승인받길 원할 뿐이다.

가족이 처음 갔던 캠핑에 대해서 '나'는 작은 텐트 하나로 처음 집을 샀을 때 같은 설렘으로 숲을 산책하고 계곡에서 물놀이를 하고 라면을 끓여 먹었다고 기억하지만, 남편의 기억은 달랐다. "대형 텐트 정원에 있는 개집처럼 보이던 조그만 텐트, 테이블 없이 돗자리에 앉아 먹었던 라면, 은빛 스테인리스 코펠 세트가 아닌 그을음이 묻은 냄비, 캠프파이어가 아닌 랜턴 하나에 의지해 둘러앉았던 밤"이었던 것이다.

이후 "누구에게도 뒤지지 않을 만큼" 캠핑 장비는 늘어갔고 온갖 집기들을 거느린 텐트가 거대한 집처럼 구축되는 동안 아이는 게임을 하고 '나'는 유튜브를 본다. '나' 역시 "의자에 앉으면 선풍기가 생각났고, 선풍기를 틀면 드라마를 볼 노트북이 필요했고, 노트북이 있으니 음악이 듣고 싶었고, 음악이 나오면 울림이 좋은 스피커가 사고 싶어"지는 편리와 안락을 거부할 수 없게 된다. 용품들을 세팅하느라 거의 모든 시간을 할애하면서도 남편은 고가의 수입 브랜드를 풀 세트로 갖춘 다른 텐트를 부러워하고, 아이는 타프 안에서 스크린에 빔 프로젝터로 영화를 보고 있는 또래를 선망한다. 캠핑이 주는 무목적의 유희와 모험의 즐거움은 쉽게 노동과 경쟁의 패러다임으로 전도된다.

김산아가 소름 끼치도록 디테일하게 복원해내고 있는 것은 표면적으로 드러난 스노비즘의 현상 그 자체가 아니라 겹겹이 응축되고 누적된 이면적이고 복합적인 사정까지다. 설령 누군가 거짓된 삶을 살고 있더라도 스스로를 천박한 속물로 규정하고 싶지는 않을 것이기 때문에 오히려 그럴

수록 형식에 불과하더라도 진실된 인격을 연기한다. 문제는 그 연기가 언젠가는 자기 자신까지도 속이게 된다는 것이다. 승자 독식의 세계에서 인정 투쟁을 통해 물질적인 자산이나 정신적인 유산을 획득하고 특권 의식과 오만함에 빠져 있는 사람들은 과시욕과 지배욕을 계속해서 충족하고 누리기 위해 그에 걸맞는 인격적 면모까지 필요로 한다. 미학적 관점뿐 아니라 도덕의식 또한 하나의 인적 자본을 암시하는 중요한 기준이기 때문이다. 그러니 스노비즘을 이해하기 위해 그 반대 개념으로 떠올렸던 진정성에 대한 추구 역시 실제로는 허구적인 필요조건이 되어버리는지도 모르겠다. 부자들이 가난까지 훔치는 가난 포르노 같은 것을 떠올려보면 김산아가 기획한 이중성의 도식이 속물주의에 대한 환멸과 이중성의 고통으로 모색되고 있음을 알 수 있다.

'나'는 그것이 과장이고 허위인 줄 알면서도 "공부를 못하면, 대학도 못 가고, 돈도 못 벌고, 네가 하고 싶은 일도 못 할" 거라는 시나리오를 들려주면서 아이가 상위권 성적을 받도록 관리한다. 늘 하굣길이나 화단에서 평범하기 이를 데 없는 돌을 주워 오는 아이는 돌마다 어떤 특별함이 있는지를 발견하면서 그 하나하나를 귀하게 여긴다. 어느 날 돌 틈에 있는 유리구슬의 출처를 묻는 남편의 질문에 난감해하던 아이가 훔친 것인지 추궁받자 "혼자 가지 말라고 당부한 동네"에서 주워 왔다고 밝힌다. 남편의 금기와 엄포에 아이는 고개를 끄덕여놓고도 그 동네가 왜 위험한지 묻자 남편은 사람이 돈이 없으면 나쁜 생각을 하기도 한다고 일러준다. 결국 "나도 공부 안 하고 돈 못 벌면 나쁜 생각 하는 사람이 되는 거예요?"라는 극단적이고도 천진난만한 아이의 질문에 "그럴 수도 있어."라는 남편의 응답이 나오고야 만다.

아즈마 히로키는 『동물화하는 포스트모던』에서 미국형 소비사회를 인간의 동물화로 정의한 알렉상드르 코제브를 인용한다. 코제브는 헤겔적인 역사가 종언된 시대에 유일한 생활 양식이 된 미국 문화를 '동물'로 일본 문화를 '속물'로 규정했다. 동물이 형식을 상실하고 내용만 남은 자연 상태라면 속물은 내용을 상실하고 형식만 남은 실존 방식이다. 남편과 아이의 대화는 신이 보증해주던 인간성을 더 이상 찾을 수 없게 된 포스트모던 시대에 욕구 충족을 위한 동물성으로 환원된 인간의 표류 상태를 증거한다.

"경쟁에서 살아남으려면 새끼는 배워야 할 게 많습니다. 약한 상대를 물리치는 법과 강한 상대에게 복종하는 법을 알아야 하죠. 싸움에서 이기기 위해 상대 약점을 찾아 물어뜯는 법을 어미는 가르칠 겁니다. 덜 자란 새끼는 처음에는 주저할 테죠. 하지만 어느새 어릴 적 같이 자란 형제의 목덜미에 이빨을 박는 법을 배우겠죠. 경쟁에서 이겨야 하니까요."라는 소설의 마지막 내레이션은 더 이상 위트 있는 비유로만 읽히지 않는다. 야생과 도시, 양육과 교육, 본능과 의미를 정치하게 배열한 플롯으로 인간의 고유성과 정신적 위상을 먹이 사슬 속 개체의 위치로 끌어내리는 비극적 장관을 보여준 소설의 존재론적 통찰 때문이다.

## 3. 타자성으로부터 자기에게로

타자성에 대입할 수 있는 것은 인간 소외를 야기하는 물질 자본, 계층의 사다리가 끊어진 뒤의 유기 의식, 몰이해와 불모성의 병폐적 관계 등이다. 이는 소설에서 가구 공장에서 일하는 "동남아시아 청년들", 머리에 "진분홍 꽃술"을 꽂은 맨발의 여자, "헐값에라도 세를 놓을 수밖에 없다"는 "늙은 농사꾼", "집은 은행에 넘어"가게 한 뒤 재기하지 못하는 남편 등으로 변주된다. "고층 아파트와 현란한 네온사인"이 있는 도시와 "사람이 살 것 같지 않"은 허허벌판의 변두리는 시공간의 경계를 넘듯 대조적이다.

> 실실 웃음이 나왔다. 물건을 담던 젊은 손님이 나를 쳐다보았다. 나는 손님에게도 뜻 없이 웃음을 흘렸다. 뭐든지 할 수 있다는 생각이 들었다. 자동기계처

> 럼 손을 움직여 순식간에 계산을 끝낼 수 있었다. 펄쩍 뛰어서 계산대 위로 올라설 수도 있었다. 높이 날아올라 형광등을 잡고 흔들어댈 수도 있었다. 그리고 마트 전체가 울리도록 고함을 지를 수도 있었다. 고함 소리에 가득 쌓인 상품들이 바닥으로 무너져 내렸다. 물건도 돈도 불도 사람도 산도 도시도 모두 사라졌다. 밤도 낮도 아닌, 어둠도 빛도 아닌, 아무것도 아닌 허공에 그것이 보였다.
>
> —「바람 예보」부분

생활용품 소매점을 하다가 대형 마트가 들어서면서 파산한 '나'는 아이러니하게도 바로 그 대형 마트에 계약직 캐셔로 야간 근무를 하게 된다. 새벽 네 시가 넘어갈 즈음이면 도리어 허리와 다리의 통증이 사라지고 잠이 점점 달아난다. 업무 시간과 능력이 기계처럼 반복되고 강화되는 동안 극도의 피로와 절망이 지속되고 누적되며 마치 혼수상태와 다름없이 무감각과 무감정의 상태로 전락하고 마비된 것이지만 겉으로는 거꾸로 과도한 각성 상태가 된 듯 보인다.

김산아 소설의 인물들은 이성이나 도덕률에서 벗어나 환상, 공포, 죽음, 착란, 위악, 광기로 치닫는다. 흡사 호러 무비나 하드고어를 방불케 하는 엽기적이고 그로테스크한 판타

지들은 그러나 가장 극사실주의적인 계기로 출몰한다. 김산아가 전시하는 환상은 현실이 현실 그대로 드러날 수 없을 때 비틀리고 왜곡된 현실의 반영물이 다른 방향으로 비집고 터져 나오는 것이기 때문이다. 예컨대 혼잣말이거나 침묵이거나 욕으로 발설되곤 하는 소설의 알아들을 수 없는 언어들은 소통 불가능성과 관련한 회의감에서 기인하는 것이며, 병아리를 부화시켜 닭이 되도록 키운 '삐삐'가 상자 밖으로 한 발자국도 나오지 못하자 영화의 살해 장면처럼 칼을 높이 쳐드는 것은 '나'(「삐삐의 상자」)의 수동적인 삶에 대한 자괴감에서 발로하는 것이다.

> 내가 이집트 특별전에 관한 기억을 꺼냈을 때 너는 람세스 2세가 히타이트와 맺은 평화 조약의 과정과 미라가 만들어진 연도와 특별관 입장을 위해 별도로 지불한 푯값에 대해 얘기했다. 입장료 할인을 받은 신용카드가 얼마나 유용했는지 말하며 기억의 동의를 구했다. 내 의아한 표정에 너는 실망했고 반복해서 설명했다. 나는 '지켜보는' 조각의 자세가 진심으로 지켜보게 생겼더라며 웃었고, 수천 년 동안 지켜봤을 장면들을 상상하면 아득한 감정이 든다고 말했다. 너는 '지켜보는' 조각이 아니라 'block statue'가 정식 명

> 칭이라고 수정했다. 나는 말없이 고개를 끄덕였다.
>
> 네가 기억하는 것들 앞에서 나는 주눅이 들었다. 매표소 옆 플래카드가 파랗다 못해 검어 보일 정도로 짙은 색이었고, 골바람이 세서 펄럭이다 넘어질까 걱정되더라는 기억은 네게 쓸모도 의미도 없었다. 너는 지루해했고 종국에는 관두자 하는 표정으로 고개를 돌렸다. 나는 하찮고 초라해진 기억을 간직할 공간을 찾지 못해 네 옆자리에 있을 수 없었다.
>
> —「공존」 부분

마법 소녀가 주인공인 애니메이션을 보며 생명의 빛 외치면 수호신이 나타나는 저 시계가 갖고 싶다고 하자 정품 사면 될 거라는 진지한 대답으로 '나'를 웃게 하던 '너', 이집트 특별전에서 이천 년 넘게 누워 있는 미라를 보며 자신은 관짜기 어렵게 최대한 이상하게 죽을 거라며 괴이한 각도로 팔다리를 구부리며 '나'를 웃게 하던 '너'가 있던 날도 있었지만, 이제 '나'는 집 안 불이 꺼지고 잠자리에 든 시간이 되어서야 집에 들어오는 '너'와 산다. 노력도 좌절도 소용없어진 시간에 이르러 가까스로 '나'는 "행복하지 않아도 된다는 안도" "절망이 주는 안도"에 착지한다.

팔다리가 꺾일 수 없는 방향으로 꺾인 채 아파트 주차장에서 발견된 '너'의 죽음 이후 수면제를 먹었는지, 우울증이 있었는지, 자살의 징후가 있었는지, 원한 관계가 있었는지 묻는 경찰에게 '나'는 아무것도 또렷하게 답하지 못한다. 이집트전을 관람했던 동일한 사건을 두고 전혀 다른 기억을 갖고 있는 것처럼 '나'와 '너'는 서로를 이해하지 못했고 그래서 알 수 없게 되어버렸기 때문이다.

검은 동물이 바람처럼 초원을 가르는 다큐멘터리에서 내레이터가 "곁에 있지만 다가갈 수는 없는 공간"이라고 한 것처럼 '나'와 '너'는 같은 시공간에 다른 상태로 공존한다. 끝없는 다름, 공격, 혐오, 경멸, 원망과 같은 부정적인 감정은 언제나 영원한 타자성으로 남는 상대방의 존재로부터 기인한다. "내 정체성을 깨"뜨릴 수도 없고 "네가 죽어주"지도 않는 관계, 폐기할 수도 없고 수용할 수도 없는 이 단절과 어긋남은 불가능성과 비극성으로 전개된다. 그러나 타자성 그 자체인 상대에 대한 극도의 거부감은 도리어 거기에 구태여 부정해야 하는 존재가 있음을 인정하도록 해 상대의 주체성을 온전히 정당화한다.

> 선생님, 서연이가 왜 꽃이에요? 딱히 대답할 말이 없었다. 글쎄, 서연이는 자기가 꽃이라고 생각하더라. 아무 대답도 아닌 말이었다. 하지만 윤서는 진지

한 눈으로 고개까지 깊게 주억였다. 그 뒤부터 윤서와 꽃은 급격히 친해졌다. 윤서는 꼬박꼬박 서연이를 꽃이라 불렀다. 꽃도 윤서의 말에 정성스럽게 대답했다. 자유 시간마다 둘은 역할놀이를 했다. 놀이에서 언제나 꽃은 꽃이었고, 윤서는 꽃을 키우는 사람, 꽃과 노는 강아지, 꽃 옆을 달리는 기차였다.

—「모래 케이크」 부분

어린이집에 가장 먼저 와서 가장 늦게까지 있는 아이, 자신을 꽃이라고 생각하는 그 아이가 늘 말없이 혼자 노는 것을 바라보던 한 친구는 아이의 바람대로 아이를 꼬박꼬박 꽃이라 불러준다. 그러자 꽃도 친구의 말에 정성스럽게 대답하기 시작하고 어느새 "놀이에서 언제나 꽃은 꽃이었고, 윤서는 꽃을 키우는 사람, 꽃과 노는 강아지, 꽃 옆을 달리는 기차"가 된다. 어린이집 선생님인 '나'는 오랜 친구였던 '환'의 갑작스러운 커밍아웃을 받아들이지 못했지만 꽃이길 원하는 아이를 진심으로 꽃으로 생각해준 어린 친구를 통해 타자성의 다름을 기꺼이 포용하는 것이 주체성을 진정으로 거듭나게 한다는 것을 배운다. 아이들의 소꿉놀이 모래 케이크에 꽂힌 연둣빛 새순이 생일 축하 촛불처럼 환하다.

## 4. 시선에 투사된 아이덴티티의 욕망

김산아 소설은 자기동일성의 방식으로 진화하고 복제되며 증식하는 사회의 시스템과 부조리와 부작용을 되돌아보고 보살피고 어루만지도록 독려한다. 이를테면 무한 경쟁과 적자생존을 부추기는 자본의 체제, 위선과 권력으로 재생산되는 가족 이데올로기, 폭력과 억압의 구도로 투영되는 섹슈얼리티 같은 것들이다.

> 지진 때문인지 높은 건물은 없고 단층집이 줄줄이 이어졌다. 벽은 모두 옅은 노란색이나 흰색이었고, 지붕은 암회색 기와여서 모두 쌍둥이처럼 닮아 있었다. 단조롭다 못해 지루한 광경에 지난 저녁때 먹은 가이세키 요리가 떠올랐다. 손대기 미안할 정도로 화려하고 아름다운 요리, 알록달록한 요리를 먹는 조용한 사람들. 저런 집에 산다면 누구라도 그런 요리를 먹고 싶을 거라는 생각이 들었다.
>
> 저 동네 페인트공은 미적 감각이 없어도 되겠어. 모든 사람이 같은 색 페인트를 원할 테니까.
>
> 그는 대답하지 않았다. 눈을 감고 의자에 머리를 기댄 채 가만히. 숨이 규칙적으로 바뀌었고 몸이 약간

기울어졌다. 시원은 다시 창밖으로 시선을 돌렸다. 그 때였다. 그러게요. 익숙한 남자 목소리가 답했다. 쿠이의 목소리였다. 시원은 놀라 본능적으로 세혁의 기색부터 살폈다. 그는 잠들어 있었다. 쿠이가 여기에 있을 리 없었다. 몇 개월째 만나지 않았다. 그만하자고 언어로 확인한 적은 없지만 이미 끝난 관계였다.

—「포클레인」 부분

화산을 보러 일본에 간 시원과 세혁은 모두 똑같은 암회색 지붕과 미색 벽을 보고 알록달록한 도시락을 먹는다. "저 동네 페인트공은 미적 감각이 없어도 되겠어."라는 시원의 말에 대꾸하지 않는 세혁 대신 어디선가 "그러게요."라는 말이 들려온다. 시원의 실제와 환상은 뒤섞이고 범람한다. '쿠이의 목소리 같았다'가 아니라 "쿠이의 목소리였다."라고 서술되기 때문이다. 시원에게 그 목소리가 정말 들렸다면 그건 환상이 아니라 실제로 존재하는 것이 된다. 뒷자리를 돌아봤을 때 쿠이가 아니라 쿠이 또래의 낯선 남자였기에 환청을 들은 것은 아니지만 시원에게 쿠이는 매 순간 다른 형태로 몸을 바꾸어 현현한다. 피곤과 짜증과 무기력 때문에 "사지가 퇴화해 머리만 커다랗게 남은 생명체"를 상상하게 하는 세혁과 달리 쿠이는 "빠른 몸놀림과 흙 묻은 낡은 자동차와 언제든 떠날 준비가 된 커다란 배낭"을 가진 남자였기 때문이다. "욕망이든 좌절이든 그 무엇이든, 발산되지 못한 존재가 차곡히 쌓여" 석화되어 가는 것처럼 보이는 세혁은, 쿠이가 시원에게 보낸 꿩고기가 냉동실에서 발등으로 굴러떨어졌을 때도 "미쳤구나, 이걸, 집까지"라는 말로 묵인하고 지나갔을 뿐이다.

"단조롭다 못해 지루한" 건축 양식과 "손대기 미안할 정도로 화려"한 코스 요리처럼 시원과 세혁은 과잉과 결핍의 대비적인 인자를 갖고 있다. 시원이 유황 냄새에도 두근거리는 반면 세혁은 유독가스라 몸에 좋지 않을 거라며 기피한다. 종착지인 로프웨이 정거장에 도착했을 때 분화 경계레벨이 높아져 출입이 금지되자 다음 날 시원은 다시 화산으로 세혁은 고성으로 간다. 그곳에서 시원은 어제 그 남자를 다시 마주친다. 그리고 인류 최초의 직립 보행 흔적이 발자국 화석으로 남아 있는 라에톨리 평원의 이야기를 들려주는 그와 쿠이를 동일시하게 된다. "쾌락과 생존, 사랑을 하는 것과 교미를 하는 것, 아이를 낳는 것과 번식을 하는 것, 안정된 삶을 추구하는 것과 매력적인 유전자를 찾는 것"이라는 경우의 수를 놓고 지금의 인간과 그때의 인류는 어떻게 같고 다를 것이며 무엇을 선택하고 선택할 수 있을 것인가를 생각하면서. 이성과 문명의 체계를 거부하고 본능과 야생의 고원으로 복귀하려는 시원은 자신을 압도하는 경이로운 자연이나 그 자연을 누비고 누리는 자유로운 사람에 이끌려 한 걸음씩 자신을 무장해제 시켜간다.

이 소설에는 두 번의 호텔 장면이 등장한다. 한 번은 시원이 샤워를 하고 나왔을 때 거리에서 빗자루질을 하는 환경미화원이 창 쪽을 돌아보자 시원이 자신과 눈이 마주쳤다고 느끼는 장면이다. 환한 바깥에서 어두운 실내가 보일 리 없지만 시원은 사내가 자신을 바라본다고 여기며 벌거벗은 채 시선을 피하지 않는다. 또 한 번은 세혁이 시원 너머로 알아듣지 못하는 일본 방송을 보고 있을 때, 시원은 세혁 너머로 맞은편 호텔 창가에 나타난 한 남자의 실루엣을 보고 황급히 조도를 낮추는 장면이다. 시원은 창에 밀착한 건너편 남자의 자세와 각도를 통해 남자도 자신을 바라보고 있음을 깨닫자 커튼을 친다.

호텔 창은 시원의 심리 기제를 반영하는 연극적인 장치다. 시원 자신은 어둠 속에 몸을 숨기고 환한 빛 가운데 선 타인 그러나 자신이 관찰되고 있음을 알지 못하는 타인을 관찰한다. 자신이 보여지고 있다는 것을 아는 상태에서의 움직임은 궁금하지도 자극적이지도 않기 때문이다. 불균형한 시선의 격차가 여기에는 있다. 상대방도 자신을 주시하고 있다는 걸 알게 되면 놀이는 거기서 끝난다. 이는 어두운 곳에 있는 간수는 밝은 곳에 있는 죄수를 볼 수 있지만 죄수는 간수를 볼 수 없을 뿐 아니라 간수의 존재 여부조차 알 수 없게 고안된 제러미 벤담의 원형 감옥을 연상하게 한다. 죄수로 하여금 스스로를 통제하도록 강제한 파놉티콘이 시선 하나로 근대 권력의 작동 방식을 체화한 건축이었던 것처럼 시원이 장악하고 소유하고 싶은 것은 독보적이고 주체적인 자기 시야이며 이는 곧 고유성의 확립 및 실현과 다름이 없다.

모두를 경악시킬 만큼 긴 시원의 머리는 유독 딸의 긴 머리를 좋아했던 아버지의 취향을 거역할 수 없었기 때문이고, 모든 날 모든 순간 생각하는 쿠이와 끝내 헤어질 수밖에 없었던 것은 세혁과의 결혼 생활을 저버릴 수 없었기 때문이다. 길들여지고 순응하는 방식에서 벗어나고자 하는 시원의 변화와 의지는 화산을 보러 간 불과 며칠 간의 여정 동안 예기치 못한 순간마다 분출된다. 쿠이와 닮은 낯선 남자와의 충동적인 정사나, 머리를 자르려고 편의점에서 산 가위 같은 요소들은 시원의 나침반이 더 이상 기성이나 다수가 보증하는 인정과 안정을 가리키지 않으리라는 것을 알게 한다.

활화산은 태초의 역사를 갖고 있는 존재로서 어느 누구에게도 함락된 적 없고 어느 누구도 바꿀 수 없는 아이덴티티의 메타포다. 기원과 원형 그 자체로서 자유롭고 자연스러운 운동으로 건재하며 불확실성과 예측 불가능성의 미지로 나아가는 것. 시원의 내부가 마그마처럼 끓어 넘치는 이유는 근원적인 생명력을 지닌 자기 자신을 복기하기 위해서다. 그것은 외부에서 오는 빛으로 빚어지지 않았으므로 흑백의 공간에서 스스로의 에너지로 타오르므로 "어둠 속에서 홀로 빛나는 일렁임"이 된다.

시원은 세혁에게 "포클레인이 갖고 싶어. 크고 깊은 구덩이를 파는 진짜 포클레인 말이야."라는 문자를 보내지만 답은 돌아오지 않는다. 어느 여름 국도변에서 본 포클레인이 오동나무의 보랏빛 꽃잎을 짓이기고 뿌리를 끊고 둥치를 밀어낸 뒤 깊고 커다란 구덩이를 파던 장면을 기억하는지 물으며 역시 "포클레인이 갖고 싶어."라는 말을 건네지만 답을 듣지는 못한다. 머지않아 그녀는 포클레인이 오동나무 따위는 개의치 않고 구덩이를 파듯 자신의 한가운데 박혀 있는 세상의 기준, 이를테면 견고한 제도와 관습과 편견을 흔들고 부수고 없앤 뒤 마침내 해방된 공간을 갖게 될 것이다.

## 5. 나가며

김산아 소설은 가장 사적이고 내밀한 자아와 투명하고 상처받기 쉬운 자아 혹은 폐쇄와 고립으로 일관된 자아에도 가공할 사회적 영향력이 투사되고 있는 "참 빈틈없는 세상"(「오늘도 캠핑」)을 전경화한다. 단지 개인 간의 갈등이나 이해할 수 없는 사건 또는 불운이나 행운으로만 치부하기에는 거기에 전제되고 관여하며 파장을 미치는 배후가 너무 큰 것이다. 설득력 있는 내러티브와 공감을 불러일으키는 디테일로 사회적 재생산 프레임의 실체를 경유하는 소설이 등장했다는 사실이 미덥고 기쁘다. 시스템의 딜레마에 속박된 인간의 존재론적 해방은 단지 절차적 합법성이나 결과적 수치의 형태로 이루어질 수는 없다. 김산아의 소설적 파토스는 형식과 통제와 차별의 세계를 답파해가면서 위축되고 왜곡되며 훼손된 자존감과 정의감과 유대감을 제고하도록 하는 계기를 마련한다.

자본 가치로 환원되지 않는 거의 마지막 지대로 남은 소설이 그러나 바로 그 무용성과 무해함으로 감히 저 지대하고 치밀한 세계 속에서 우리 스스로를 자각하게 하고 우리를 다른 사람들과 연결시켜 주고자 애쓰는 것이다. 느리게 가는 것, 천천히 크는 것, 조그맣게 전하는 것들은 김산아가 소설에서 회복시키고 추앙하고 환대하는 것들이다. 이에 관한 노력과 애착은 협의의 의미에서 정치적인 담론이나 허구적인 이론으로 수렴되지 않고 우리의 삶을 언제까지고 부지하며 갱신해가리라 믿는다.

## 작가의 말

거실 한편에 낡은 피아노가 있다.

어쿠스틱 피아노는 너무 무거워 이사할 때 자리를 정하면 옮길 수 없다.

어릴 적 어디를 보아도 산뿐인 곳에 살았다. 개울 돌을 뒤집어 가재를 잡고, 깨꽃을 따 꿀을 빠는 게 놀이이던 산골이었다.

어느 날 엄마를 끌고 동네에서 유일한 피아노 학원에 등록했다. 외식을 하는 게 특별 이벤트이고, 학원비를 내는 게 부담스럽던 시절이었다.

체르니 삼십 번을 칠 무렵 피아노를 사달라고 졸랐다. 부모님이 가졌을 고민의 깊이와 시간을 기억하지 못한다. 검은색 피아노를 권하는 아빠를 뒷전에 두고 더 비싼 원목을 고집하던 기분만 기억한다.

오랜 세월이 흐르고 알게 되었다. 반년치 월급으로 피아노를 사준 뒤 두 분이 지셨을 경제적 곤란과, 요즘 피아노 안 치네 하던 아빠의 말과, 먼지 앉을 새 없이 마른걸레질을 하던 엄마의 손이 모두 피아노를 이룬 무게였다는 걸.

내가 '나'가 되기까지 주위에 묵묵히 쌓인 무게가 존재했다는 걸.

선뜻 해설을 맡아주신 신수진 평론가님께 감사드린다. 작품의 결까지 살펴준 윤정빈 편집자님과, '당신들 덕분에'라 고백에 말할 수 없는 반상회 친구들에게 고마움을 전한다.

가볍고 작은 디지털 피아노를 새로 사도 지금 피아노가 남긴 자리는 사라지지 않을 것이다. 잊거나, 알아차리지 못하거나, 인정하기 싫어 외면해도 각자의 자리를 지켰던 무게들을 이 책에 담았다. 나의 이야기가 또 하나의 무게가 되어 누군가의 옆에 조용히 있어주길 바란다.

2023년 가지 못한 자리를 떠나며, 김산아

머
문

자
리

1판 1쇄 발행 2023년 7월 14일
1판 2쇄 발행 2023년 8월 3일

지은이 김산아
펴낸이 임양묵
펴낸곳 솔출판사

편집 윤정빈 임윤영
경영관리 박현주

주소 서울시 마포구 와우산로29가길 80(서교동)
전화 02-332-1526
팩스 02-332-1529
블로그 blog.naver.com/sol_book
이메일 solbook@solbook.co.kr
출판등록 1990년 9월 15일 제10-420호



ISBN 979-11-6020-188-8 03810


· 이 도서는 2021년도 한국문화예술위원회 아르코문학창작기금(발간지원) 사업에 선정되어 발간되었습니다.